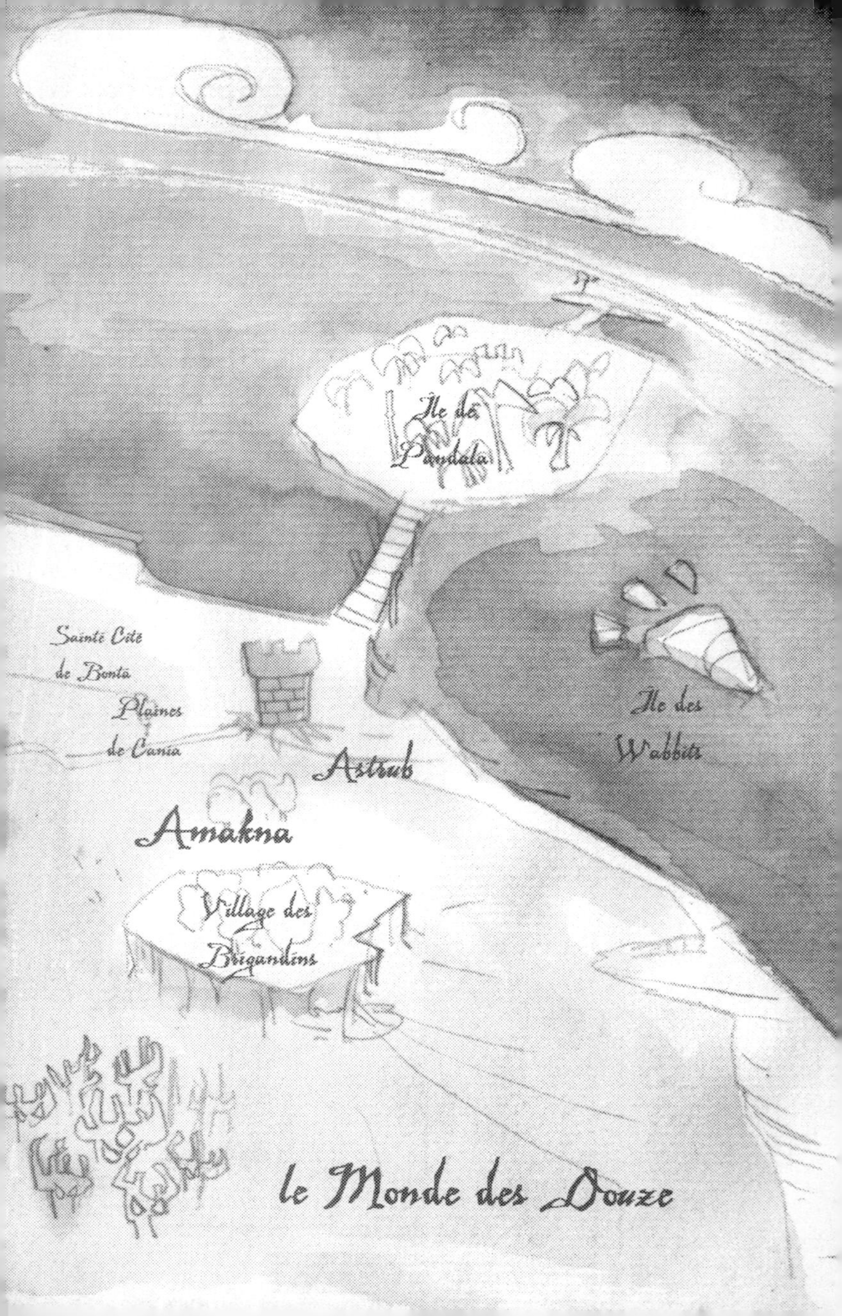
Île de Pandala
Sainte Cité de Bonta
Plaines de Cania
Astrub
Île des Wabbits
Amakna
Village des Brigandins
le Monde des Douze

N
Dofus
Arena
Ile de
Moon
Arena
Demoniaca

Précis Géographique de ce Volume

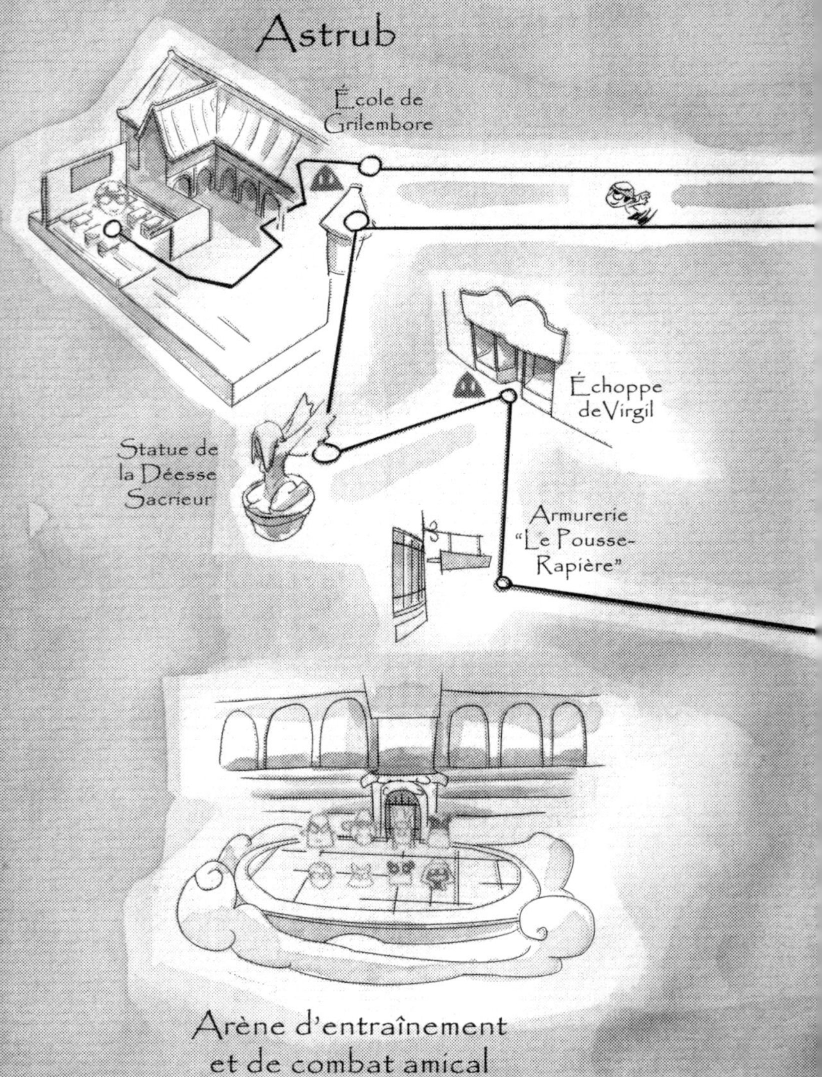

Totem
Arena
Arène conçue
par le Démon des
Heures XVII

Dofus Arena

LES PERSONNAGES

PYM

Pym est un apprenti à l'école de magie Grilembore. Bien qu'il ait l'apparence d'un Sacrieur, il n'a pas encore été initié disciple de la déesse Sacrieur - il cherche encore sa voie. Un jour, il essaie un sortilège si puissant qu'il se téléporte dans une dimension parallèle...

FULIDULI & WENDY

Fuli et Wendy sont des amis de Pym. Ils apprécient Pym comme il est : têtu, téméraire et pas vraiment studieux.

MALYCORNE

C'est un jeune archer issu d'une famille de haut lignage Crâ. Orgueilleux, il méprise Pym pour ne pas avoir choisi son dieu. Mais il le hait aussi pour d'autres raisons...

LA FISTULE

Ce gentil fantôme erre en vain dans l'école de magie Grilembore en quête d'un moyen de se réincarner.

L'Histoire

Pym est un jeune Sacrieur aux origines mystérieuses. Ses parents, qui eux, ne sont pas Sacrieurs mais Fécas, gardent précieusement le secret lié à la naissance de Pym... Est-ce un hasard si Pym est venu au Monde dans la cité d'Astrub ? Pym, lui, n'a que faire de toutes ces histoires. Garnement incorrigible, il est inscrit à l'école de magie Grilembore, comme de nombreux enfants de son âge.
Il va être entraîné malgré lui dans une aventure aussi périlleuse qu'étonnante. En effet, Pym va découvrir un complot ourdi par des créatures démoniaques : elles manipulent le temps pour mieux soumettre le Monde à leurs sinistres desseins...

L'Equipe Pédagogique de Grilembore

MAGICTATEUR KROKKER
Le directeur de l'école de magie Grilembore. C'est un Enutrof autoritaire qui dirige son école d'une main de fer.

LETHALINE SIGISBUL
C'est une Osamodas, professeur de Zoologie; elle vise surtout ses intérêts personnels.

ARIMATH NUMBRUS
C'est un Ecaflip versé dans les mathématiques. Il est professeur d'Algèbre Magique à l'école de Grilembore.

Les Méchants

XVII
Le Démon de la dix-septième Heure. Il a une mémoire si mauvaise qu'il oublie tout au bout de cinq minutes.

MINUIT
Démone de l'Heure zéro, Minuit est ambitieuse. Elle rêve de mettre la main sur les Dofus, et de conquérir le Monde ! Rien d'anormal pour une démone...

Et ceux qui n'ont pas demandé à être là...

KIT
C'est un touriste Lenald ; il se retrouve embarqué malgré lui loin, très loin du séjour quatre étoiles dont il rêvait...

WANOKLOX
Un vieux Xélor qui semble en connaître un bout sur le Monde et ses habitants. Comme Pym, il se retrouve plongé dans le monde des Démons des Heures.

1 Minuit et des poussières

SOMMAIRE

ANKAMA EDITIONS
Dofus Arena
Chapitre 1
L'Enfer des Devoirs
Fullcanelli
JiBé
1,75
NOVAMAIRE

PYM SE DÉFENDIT EN INFLIGEANT AU DÉMON CORNU SON "PIED DU SACRIEUR" : KLASH !
QUEL PIED ! T'APPRÉCIES ÇA, LE CORNU ?
KLASH !!

NOTRE FIER HÉROS EXPÉDIA LE *MONSTRE* DANS LES FOURRÉS.
BADABOOM
TU SAIS...
T'AURAIS JAMAIS DÛ ESSAYER DE BROUTER AUTRE CHOSE QUE DE L'HERBE ...
TAP !
SURTOUT SI "AUTRE CHOSE", C'EST MON PANTALON !
ATTIRANCE !
Kssss !
LE DÉMON RESTAIT CACHÉ COMME UN GROS FOURBASSE, MAIS LE MAL ÉTAIT FAIT... ET LA BÊTE DEVAIT PAYER.

TU NE CROYAIS TOUT DE MÊME PAS M'ÉCHAPPER ?
PYM ENCHAÎNAIT LES COUPS AVEC UNE VIRTUOSITÉ RARE POUR UN SACRIEUR DE SON ÂGE.
FURIE !!!
PYM EOLIATH, QU'EST-CE QUE C'EST QUE ÇA ?
SKRIIII

VOYONS CELA...
ARIMATH NUMBRUS, PROFESSEUR D'ALGÈBRE MAGIQUE. ON PEUT COMPTER SUR LUI LORSQU'IL S'AGIT DE METTRE DES ZÉROS POINTÉS ET DES TÊTES AU CARRÉ.
VISIBLEMENT, TOUT CECI N'EST PAS DE L'ALGÈBRE MAGIQUE.
PYM, TU VAS AVOIR DROIT À UN DE SES JEUX DÉBILES ...
JE VOUS AI ENTENDU, MONSIEUR FULIDULI !

VOUS RESTEREZ EN RETENUE LE NOMBRE D'HEURES ÉGAL AU NOMBRE DE FOIS QUE PEUT ÊTRE LANCÉ LE SORT *PANDATAK* LORS D'UN ASSAUT.
NATURELLEMENT, VOTRE RETENUE SERA ANNULÉE SI VOUS RÉSOLVEZ CETTE PETITE ÉNIGME.
SINON, ELLE SERA TRIPLÉE ...
MOI MOI MOI !
FAYOTTE !
OUAIS SUPER FAYOTTE !
MONSIEUR FULIDULI ?
RAEUH... DEUX FOIS ?
PERDU ! ET 3 HEURES DE RETENUE GAGNÉES PAR M. FULIDULI !
VOUS VIENDREZ CE SOIR CLASSER LES LIVRES DE LA RÉSERVE.

VOYONS À PRÉSENT L'OEUVRE DE M. EOLIATH...
AH ! C'EST DONC ÇA !
LE FAMEUX EXPOSÉ DE ZOOLOGIE QUI DOIT COMPTER TRIPLE DANS VOTRE MOYENNE !
JE CITE : "Conclusion : Mais d'où le Bouftoucus Démoniacal peut-il bien tirer son nom ? Impossible à savoir. Mais c'est un adversaire coriace car sa mâchoire est à hauteur du moindre fond de culotte qui passe à sa portée."
INTÉRESSANT, M. EOLIATH.
110°
70 cm

VOTRE PROFESSEUR, MELLE SIGISBUL, SERA RAVIE DE VOIR TOUT ÇA...
GLISSE
QUANT À MOI, JE TROUVE QUE VOTRE CONDUITE MÉRITE UNE PUNITION DIGNE DE CE NOM.
MAIS, M'SIEUR ! JE VOULAIS JUST...
HA HA
HA HA HA
LA NATURE VOUS A DONNÉ DEUX OREILLES ET UNE SEULE LANGUE POUR QUE VOUS ÉCOUTIEZ LE DOUBLE DE CE QUE VOUS DITES, EOLIATH.
MÉKESKIDI ? C'EST ENCORE UNE ÉNIGME OU QUOI ?
DING DING
DONG

MMH ? AH, C'EST VOUS.
VOUS ÊTES NOUVEAU À L'ÉCOLE DE MAGIE GRILEMBORE, ET VOUS VOUS FAITES DÉJÀ REMARQUER.
SWOP
ÇA PROMET.
VOUS SAVEZ, IL ME FAUT ÉTUDIER DES TONNES DE LIVRES POUR PRÉPARER MES COURS QUE VOUS N'ÉCOUTEZ MÊME PAS !
SANS COMPTER QU'APRÈS, IL ME FAUT LES RANGER ...
BREF ! RAPPORTEZ CES LIVRES À LA RÉSERVE, AU RAYON "MAGIE XÉLORIQUE".
PRENEZ GARDE AUX CHAUSSES TRAPPES, AUX OUBLIETTES ET... AUX RACCOURCIS DE NOTRE BELLE ÉCOLE.
HAHAHA !
DES RACCOURCIS, TU PARLES ! ÇA VA ME PRENDRE DES HEURES !
RÉSERVE

HOP HOP HOP
ALORS, T'EN AS PRIS POUR COMBIEN ?
PYM ? AVEC DES LIVRES ? ON AURA TOUT VU !!
OUAIS, LE PROF LUI A FILÉ DES LIVRES. C'EST VRAI QUE TU MANQUES D'INSTRUCTION, HEIN MACHIN ?
POUR QUELQU'UN DONT LES PARENTS SONT FÉCAS, T'EN CONNAIS PAS BEAUCOUP SUR LES BOUFTOUS.
QU'EST-CE QUE TU LEUR VEUX, À MES PARENTS ?
LAISSE TOMBER, IL TE CHERCHE ...

TES PARENTS SONT FÉCAS, À CE QU'ON DIT. ET TOI, T'ES PRESQUE UN SACRIEUR. JE TROUVE PAS ÇA LOGIQUE, MACHIN.
MALYCORNE ! JE TE RAPPELLE QU'ON A JUSQU'À L'INITIATION POUR CHOISIR NOTRE DIEU !
DISONS QUE CEUX QUI ONT CHOISI PLUS TÔT, SONT MEILLEURS PLUS VITE...
AH OUAIS ? BEN JE VAIS TE MONTRER QU'ON PEUT ÊTRE SACRIEUR ET S'Y CONNAÎTRE EN BOUFTOU !

DÉFI DE BOUFBOWL !
D'AC ! TU VAS MORFLER LE BOUFTONNEUX ! RENDEZ-VOUS ICI DANS UN QUART D'HEURE !
COMMENT TU VAS FAIRE ? TU DOIS RANGER LES LIVRES D'ARIMATH !
T'INQUIÈTE, QUAND FAUT ASSURER, JE RÉPONDS TOUJOURS PRÊT !

GYAAAAH !
RÉSERVE
HOP
HOP
HOP !
QUI VA
LÀ ?

TU M'AS FAIT PEUR !!
AH ! PYM ! C'EST TOI !
DIS, FISTULE, TU DEVAIS PAS ALLER JUSQU'AU PHÉNIX, TOI ?
J'AI FAIT COMME TU M'AS DIT, MAIS... AVEC MON SENS DE L'ORIENTATION, PAS MOYEN DE LE TROUVER.
TIENS, ET ÇA, C'EST PAS UN PHÉNIX PEUT-ÊTRE ?
MONTRE !

CHTING
MAIS NON, D'AILLEURS, SI TU VEUX TOUT SAVOIR ...
Les Démons des Heures autrefois inféodés au dieu Xélor...
... sont capables de téléporter des êtres vivants d'un bout à l'autre du Monde.
HÉ, J'EN VEUX UN PAREIL ! IL ME TÉLÉPORTERAIT PRÈS D'UN PHÉNIX !
Y'A MÊME LES FORMULES MAGIQUES...

JE VAIS RANGER LES LIVRES EN ME TÉLÉPORTANT DE LA CLASSE À LA RÉSERVE !
APRÈS TOUT, MON PÈRE MAÎTRISE LA TÉLÉPORTATION. IL N'Y A PAS DE RAISON QUE JE RATE !!
SUPER IDÉE !
WU
WU
WU
WU
WU
WU
WU
WU
WU
WU

SHPOP
AAAAAHHHH !!!
SHBOOM
ARGH

L'Initiation

Lorsqu'ils s'incarnent dans le Monde, les enfants ont le choix : soit ils prennent l'apparence du dieu d'un de leurs parents (ils deviennent des disciples de ce dieu), soit ils se laissent le temps de la réflexion, jusqu'à l'initiation. Lors de cette cérémonie, ils choisissent leur dieu, de façon définitive. Mais jusque là, ils peuvent décider de servir l'un ou l'autre dieu.

Planche d'évolution de l'enfant vers le Sadida

Pym, bien que ses parents soient Fécas, a décidé de devenir un disc ple de la déesse Sacrieur, mais il n'a pas été initié par les Sacrieurs.

ENCYCLO
BONUS

Le Bouftou
(Bouftou Kismanj)

Fig. 1 Chef de Guerre Bouftou

Fig. 2 Bouftou

C'est le ruminant le plus répandu dans les environs d'Astrub. Il adore brouter de l'herbe, mais pas seulement ! De nombreux aventuriers l'ont appris à leurs dépends...

Le Boufbowl

C'est un jeu d'adresse qui se joue avec un Bouftou.

ANKAMA EDITIONS
Dofus Arena
Chapitre 2
Cours Sacrieur, cours !
Fullcanelli
JiBe
1,75
Descendre

WAW !
MA TOUTE PREMIÈRE
TÉLÉPORTATION !
RE-WAW !
ÇA SECOUE NOM
D'UN BOUFTOU !
SNIFF ?
SNIFF ?
BIZARRE,
ÇA SENT LE
BRÛLÉ !
HEY !
MON UNIFORME !
J'AI DÛ LE
DÉMATÉRIALISER
EN ME TÉLÉPORTANT.

AU MÊME MOMENT, PAS TRÈS LOIN DE LÀ...
BIZARRE, JE NE RECONNAIS PAS CET ENDROIT...
J'AI DÛ ME TÉLÉPORTER UN PEU PLUS LOIN QUE PRÉVU...
PAS GRAVE, JE VAIS ME RE-TÉLÉPORTER !
ÇA Y EST, ÇA COMMENCE...
WU
WU
WU
WU

CHBONG
?
CHBANG
CHBONG
C'EST FINI OUI ?!
KRRRRR R R

MIEUX VAUT ABRITER LES BOUQUINS AVANT QU'IL NE PLEUVE !
HOP !
HOP !
ET HOP !
ET MAINTENANT, UN PEU DE GRIMPETTE, HISTOIRE DE ME REPÉRER.
KRACK

MAIS OÙ JE SUIS TOMBÉ, MOI ? ET COMMENT J'AI PU ATTERRIR AUSSI LOIN DE GRILEMBORE ?
PLUS QUESTION DE ME TÉLÉPORTER...
QUI SAIT CE QUI POURRAIT ME TOMBER DESSUS !
PENDANT CE TEMPS, À L'ÉCOLE DE MAGIE GRILEMBORE...
ALORS, QU'EST-CE QU'IL FAIT VOTRE COPAIN ?
IL DOIT FAIRE DANS SON...
BLAM
TOMBE
IL EST K.-O. ! IL FAUT L'EMMENER À L'INFIRMERIE !
?
?!
DOMMAGE ! ON VOUS AURAIT MIS UNE BELLE RACLÉE !

ÇA, VOUS NOUS LE PAIEREZ !
HA HA ! SACRÉ PYM !
VIENS, ON VA À L'INFIRMERIE...
MAIS D'OÙ A-T-IL BIEN PU LANCER CE LIVRE ?
MINCE ! UN CIMETIÈRE DE TOTEMS !
PUF !
PUF !
JE NE CONNAIS QU'UN SEUL ENDROIT OÙ L'ON PEUT VOIR DES TOTEMS COMME ÇA...
LES MONTAGNES DE KOALAK !

* ZAAP : TÉLÉPORTEUR

PETIT, JE LIS EN TOI À LIVRE OUVERT...
bandana super classe
1 m 57 cm
43 kg
Pym Eoliath,
aspirant Sacrieur,
élève de Grilembore,
recherche un zaap, une monture, une route...
BIZARRE ! À VÉRIFIER !
pantalon extra-large (battle dress style)
GLISSE
GLISSE
GLISSE
RAN GE
PAS DE ZAAP ?
PAS DE MONTURE ?
MÊME PAS DE ROUTE ?
MMHH... DITES, VOUS, LÀ-HAUT...

VOUS ÊTES QUI ?
QUELQU'UN DE PERDU, ET À VOIR VOTRE TÊTE, VOUS L'ÊTES AUSSI MON JEUNE AMI !
ÉTRANGE, ENCORE UN ORAGE SANS NUAGE...
KRRRRRRRRR
J'IGNORE CE QUI SE TRAME SUR CETTE ÎLE...
SAUTE
HÉBEN, DE SI HAUT, L'A PAS PEUR DE SE CASSER LA GU...
... MAIS ALLER LÀ OÙ EST TOMBÉ CET ÉCLAIR...
ZAAAAAP
... RISQUE D'ÊTRE INSTRUCTIF !
SUIVEZ-MOI, MON PETIT.
ON NE SERA PAS TROP DE DEUX POUR COMPRENDRE CE QUI SE PASSE ICI, N'EST-CE PAS ?

VOUS M'ÉCOUTEZ, AU MOINS ?
JE N'OSAIS Y CROIRE ! MOI... VOUS ACCOMPAGNER...
C'EST TROP D'HONNEUR, MAÎTRE !
MAÎTRE ? MAIS IL A L'OEIL CE PETIT !
ALORS EN ROUTE !
HÉHÉHÉ ! JE VAIS T'OBSERVER DE PRÈS, XÉLOR, ET RÉUSSIR À ME TÉLÉPORTER ILLICO !
LA FOUDRE EST TOMBÉE PAR LÀ-BAS. IL FAUT SE TAILLER UN CHEMIN DE CE CÔTÉ !

BIZARRE ! C'EST PLUTÔT VERDOYANT POUR UN CIMETIÈRE KOALAK...
VOUS FAITES ERREUR, MON AMI. J'IGNORE OÙ NOUS SOMMES ...
ET CET ENDROIT EST INCONNU DE MON ENCYCLOPÉDIE, MAIS JE PEUX AFFIRMER QUE NOUS NE SOMMES PAS CHEZ LES KOALAKS !
HEIN ? ET LES TOTEMS, ALORS ? IL N'Y A QUE CHEZ LES KOALAKS QU'ON EN TROUVE !
LA PREUVE QUE NON !
RIEN À VOIR AVEC L'ART KOALAK ! PLUS PROCHE DU STYLE MOON...
Koalak
ici
Moon
VOUS VOULEZ PARLER DE... L'ÎLE DE MOON ?!
SI LOIN ? SI JE DOIS ME TAPER LA ROUTE JUSQUE GRILEMBORE À PIED, ÇA VA ÊTRE COTON !

TIENS ?
FWOOOOO
WOOOOOOO
DES PÉTALES DE ROSE... QUI VOLENT ? DÉCIDÉMENT, CETTE ÎLE EST SURPRENANTE ...
WOOOOOOO
ÇA VIENT DE LA DIRECTION DANS LAQUELLE NOUS NOUS DIRIGEONS...
OUI PETIT. ALLONS CHERCHER LA RÉPONSE À NOS QUESTIONS !
SALUTE
WOOOOOOO
WAH ! LA TRONCHE DE LA RÉPONSE, HÉ !
DIEU XÉLOR, DONNEZ-MOI UN SIGNE, UN INDICE ...
ET JE DÉVOILERAI LES ARCANES DE CETTE ÎLE !
ET ALORS ? Y PARLE PAS, LE TOTEM ?

PALFAIT !
VOILÀ LA FIN DE NOS ENNUILS !
ZIP
ALLEZ EUSEBIO !
QUE LES LAYONS DE LA LUMIÈLE DIVINE ILLUMINENT TA LOUTE, ET QUE ÇA SAUTE !
GRUMPH !

?!
CHELS AMIS ! VOUS EN AVEZ MIS DU TEMPS !
ZIP
POUR DE L'INVOC, ÇA C'EST DE L'INVOC...
EXCUSEZ-MOI, MAIS JE...
EXCUSES ACCEPTÉES !
MAIS TLÊVE DE BAVALDAGES !
PAF

LES TOTEMS, LES PETITES FLEULS, C'EST BIEN BEAU TOUT ÇA...
VOYAGE SUR L'ILE DU PEUPLE LENALD
MAIS JE CLAINS QU'IL N'Y AIT UNE TLAGIQUE MÉPLISE...
BEN OUI, VOUS AUSSI VOUS PENSIEZ QU'ON ÉTAIT CHEZ LES KOALAKS ?
CHEZ LES KOALAKS ? BIEN SÛL QUE NON !
VOUS SAVEZ DONC OÙ NOUS SOMMES ?
PLIE
AH ! ÇA A L'AIL D'ÊTLE UNE SULPRISE POUL VOUS, MAIS J'AI LE NEZ FIN ! HAHAHA ?!
PELSONNE NE PEUT ME LOULER AUSSI FACILEMENT !
FAUDRA QUE JE METTE À JOUR MON DICO LENALD, MOI...
?

MOI, J'AI SIGNÉ POUL DES VACANCES SUL L'ÎLE DES LENALDS, À LA DÉCOUVELTE DES TERRES DE MES ANCÊTLES !
ET JE ME LETLOUVE SUL UNE PLAGE HOLLIBLE, INFESTÉE DE CLABES...
AVEC DES ÉCLAILS QUI TOMBENT SANS CLIER GALE, ET UNE AVELSE QUI MENACE...
PLOC
CLAC !
BLEF, FAUDLA VÉLIFIER VOTLE ZAAP, MESSIEURS DE L'AGENCE TOULISTIQUE !
?
...

GRRRMBLBL
BA IDA
BRAOM
BRRRR
FWOOOOOO OOOOOOO

PAS EU LE TEMPS DE METTLE MA CLÈME À BLONZER...
ET EN PLUS, IL PLEUT...
PLOC
C'EST PAS DE LA PLUIE ! C'EST CETTE FUMÉE !
J'AI LES YEUX QUI PLEURENT TOUT SEULS !
?
?
Y'A QUELQU'UN ?
TOC TOC
?

YAAHAA !
PRENDS ÇA !
SHPAF
MMHH ?
D'OÙ IL SORT, CE OUF ?
SAIS PAS...
TU M'AS L'AIR DE CHERCHER QUELQUE CHOSE, AVENTURIER !
OUAIS, XÉLOR. DERRIÈRE TOI !
HOHO ...

GROMPH !
!
LAISSE-LES, BWORK ! C'EST ENTRE NOUS DEUX QUE ÇA SE PASSE !
REGROMPH !
OOOH !
BLAM
AA A HA

GUIDE DE BRAVOURE !
RATA GROMPH !!
KLASH

PAF
J'AI APPELÉ CETTE TECHNIQUE : DOUBLE FINGER IN THE NAZE !
SHPLOFFF !!!
C'TOUT C'QUE TU SAIS FAIRE ?
HEIN ?
GRAOOU...
GRAOMPH !!!
BEUAH !
ÇA T'APPRENDRA À GROMPHER SUR MES GROMPHS !

HOLA, MA PAUVRE TÊTE...
ALLEZ LE iOP !
RELÈVE-TOI !
ViTE ! FAITES DiVERSiON !
LE TEMPS QUE JE REPRENNE MES ESPRiTS...
DAKODAK !
RHÂÂYÂÂ !
UMPH ?

HÉ !
LE BWORK !
...
EUH... DIVERSION ?
COLÈÈÈRE DE IOP !
GELUUURE !
MURPHHH !
KLASH ZAAAAM !

ENCYCLO BONUS

Le Zaap

C'est un téléporteur. Il vous permettra de vous transporter d'un bout à l'autre du Monde.

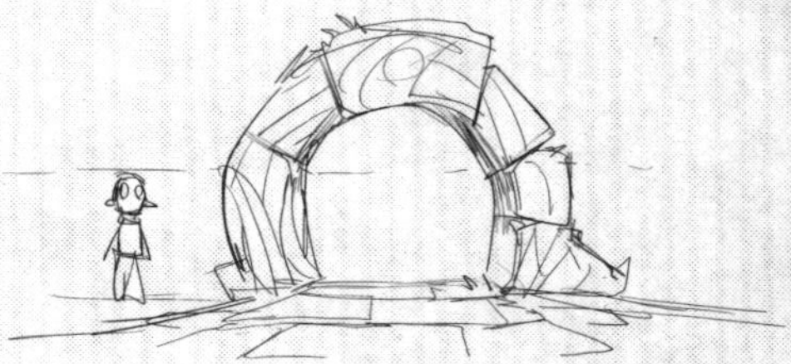

Les Dragodindes

Créatures à petites ailes et à grandes pattes, elles sont utilisées comme montures par les aventuriers. Enfin, avant ça, il faut les dompter, les Dragodindes...

ANKAMA EDITIONS
Dofus Arena
Chapitre 3
Les Professeurs Foldingues
Fullcanelli
JiBe
1,75
Javian

BOOOM
HAA A
AA AA
AAA !

!?
MAiS...
ON DiRAiT DES ARÈNES ET...

UN D... DÉMON DES HEURES !?
COMMENT ÇA UN IOP A DISPARU DE L'ARÈNE ? RAMENEZ-LE !
OUI, MAÎTRESSE...
SSSSSSSSSSSSSSSSSSSSSSSSSMASH
C'EST BIZARRE.
JE L'AI DÉJÀ VUE CETTE OSA...
MITE-TEMPS

TCHAC
INTERLUDE EDUCATIF - NOS AMIS LES ANIMAUX -
Les Mites-Temps :
Mécaniques xéloriques aussi appelées "tempous fouguite", elles tricotent la trame du temps (en jacquard, comme il se doit).
encre temporelle
crochets
trame du temps
?!
?!
BLAM

WAW ! C'EST LE MONDE DES DOUZE ?
HEY ! C'EST GRILEMBORE LÀ-BAS !
SI J'ARRIVAIS À ME DIRI...
...GEEEEEER !
BLAM!
FWWWW
OUCH ! C'ÉTAIT QUOI CE TRUC ?

BRAOUM
MAGICTATEUR KROKKER
NE PAS DÉRANGER
...
NOTE POUR PLUS TARD : AJOUTER "DESTRUCTION D'UNIFORME ET DE MONUMENT HISTORIQUE" AU DOSSIER D'EOLIATH.
HEM...
VOUS TOMBEZ À PIC, JE M'APPRÊTAIS À VOUS CONVOQUER !
COOL ! ÉJECTÉ D'UNE DIMENSION PARALLÈLE ET TOUJOURS EN UN SEUL MORCEAU !
PAF
PAF
ENTREZ, PYM EOLIATH !
J'AÏE PAS RÊV AÏE ! C'ÉT AÏE UN DÉMON DES HEURES !
AÏE AÏE
AÏE
ET L'AÏE AUTRES QUI SONT RESTAÏE LÀ-BAS !
AÏE

RE AÏE ! CE COUP-CI, ÇA VA MAL !
M. NUMBRUS, RAPPELEZ-NOUS LE TOTAL CUMULÉ DES RETENUES JE VOUS PRIE...
79,91 HEURES.
SOIT 3 JOURS, 7 HEURES, 55 MINUTES ENVIRON, MONSIEUR.
GRMBLBL ! TOUT ÇA EN UN MOIS DE PRÉSENCE !

L'ATHANOR EST LE FOUR DES ALCHIMISTES. PRATIQUE POUR TRANSFORMER LE PLOMB EN OR. UTILISÉ À GRILEMBORE POUR FAIRE RENTRER DU PLOMB DANS LA TÊTE DES ÉLÈVES.

MON GARÇON, IL VA FALLOIR ÊTRE COURAGEUX !
NE T'INQUIÈTE PAS !
SHLACK
TOUT VA BIEN SE PASSER !
KLONK
IL N'Y A PLUS QU'À ATTENDRE À PRÉSENT...

ÇA DEVRAIT ÊTRE BON MAINTENANT, NON ?
ÇA Y EST, ÇA VIENT !
BLOP
ON VA VOIR CE QUI VOUS TROTTE DANS LA TÊTE, PYM...
... ET VOUS AIDER À TRIER TOUTES CES IDÉES SAUGRENUES.
BLOP
BUBLOP
BLOP
BLOP
ÇA PAR EXEMPLE !

PAR LES DOUZE DIEUX RÉUNIS !
MAIS... C'EST MOI DANS L'ARÈNE, ÇA !
BLOP
BLOP
BUBLOP
BLOP
HO !
PSHH
BLOP
HOP
IL FAUT ARRÊTER TOUT DE SUITE !
PSHHHH
AH !
PYM ! ÇA VA !!?
FUUUUU

HEY, MAIS C'EST VOUS, QUE J'AI VUE TOUT À L'HEURE !
MAIS OUI... C'EST ÇA ! UN COUP DE VAPORISATEUR ENIRIPSA ET VOUS SEREZ SUR PIED !
EOLIATH, VEUILLEZ NOUS ATTENDRE DANS LE COULOIR, NOUS AVONS À DISCUTER !
PSHHIT
CLAC
MES AMIS, L'HEURE EST GRAVE !

FSHHHHH
CE QUE NOUS AVONS RETIRÉ DE LA TÊTE DU PETIT...
... C'EST L'IMAGO D'UN DÉMON DES HEURES !
WOOOSH
GLISSE
ÇA VEUT DIRE QU'IL EN A VU UN !
CHPOF
MAIS COMMENT A-T-IL PU ? CES CRÉATURES FURENT EXILÉES JADIS PAR LE DIEU XÉLOR LUI-MÊME !

EN EFFET, TOUT CE QUI EST CONSIGNÉ À LEUR SUJET RELÈVE DE LA HAUTE MAGIE !
BON SANG... C'EST MA FAUTE !
CE CANCRE A OUVERT LES LIVRES QUE JE LUI AI DEMANDÉ DE RANGER !
NON ARIMATH !
secoue
secoue
L'IMAGO QUE NOUS AVONS LÀ N'EST PAS ISSUE D'UNE ILLUSTRATION. EOLIATH L'A VU DE SES YEUX VU !
J'IGNORE POURQUOI ET COMMENT, MAIS CE GARÇON EST LIÉ AUX DÉMONS DES HEURES !

SE POURRAIT-IL QUE LES DÉMONS AIENT RETROUVÉ LEURS POUVOIRS ?
IMPOSSIBLE À SAVOIR, MAIS LA MENACE EST RÉELLE ! L'IMAGO EN EST LA PREUVE !
PYM DOIT ÊTRE MIS À L'ABRI, POUR SA PROPRE SÉCURITÉ, ET LA NÔTRE !
NON...
NON !

EST-CE QUE C'EST VRAi ? JE SUIS UNE MENACE POUR GRiLEMBORE ?
POUR MES AMiS ?
J'Ai PU ME TÉLÉPORTER GRÂCE AU SORTiLÈGE DES DÉMONS DES HEURES...
PYM ?
MAiS CETTE PUiSSANCE A UNE CONTREPARTiE ...

DÉSOLÉ LES PROFS, MAIS ON M'ATTEND AILLEURS !
SI J'AI UN TRUC À FAIRE DANS CETTE VIE...
... C'EST DE TROUVER CES DÉMONS. ILS VEULENT ME VOIR DE PRÈS, ILS VONT ÊTRE SERVIS !

ENCYCLO BONUS

Une Imago

C'est une pensée ou un souvenir si fort qu'il peut être extrait, grâce à un procédé magique, de l'esprit de celui qui l'a conçu.

Les Bworks

Décrire un individu du peuple bwork, c'est assez simple. Quand il ne frappe pas, il cogne. Ou il tabasse. Pourquoi ? Certains le croient en colère vert de rage. Il est vert tout court : c'est sa couleur naturelle...

ENCYCLO BONUS

Le(s) Monde(s)

Les mondes invisibles sont nombreux, et ils entourent le Monde visible. Les mondes invisibles sont appelés « dimensions parallèles » ou « plans ». C'est dans ces dimensions parallèles que vivent et se déplacent des créatures divines et parfois... démoniaques. L'arène des Démons des Heures, l'Arena fait partie de l'une de ces dimensions.

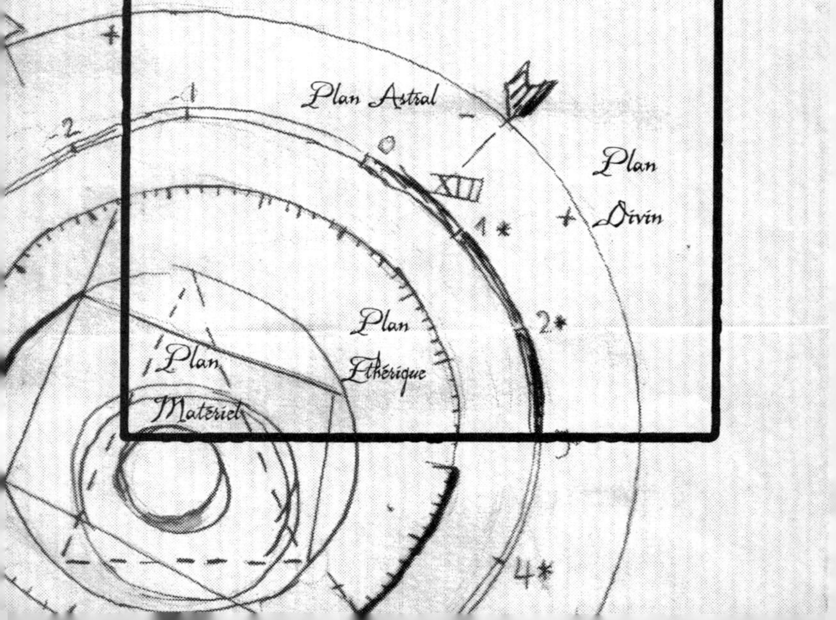

ANKAMA EDITIONS
Dofus Arena
Chapitre 4
La Règle du Jeu
Fullcanelli
JiBe
1,75
Flovor

AU MÊME MOMENT, À QUELQUES MILLIERS DE KAMAMÈTRES DE LÀ...
HAHAHA !
PETIT SACRIEUR ?
YOUHOU ! JEUNE SACRIEUR !
LE LENALD EST LÀ EN TOUT CAS...

... EN PLEINE FORME !
PAS GLÂCE À VOUS !
SANS RANCUNE, KIT'...
SANS LANCUNE ?!

MAiNTENANT, CHUT ! iL VA SE PASSER QUELQUE CHOSE !
ET MON EUSEBiO, C'EST LE iOP QUi VA ME LE LENDLE ?
LE iOP, iL S'APPELLE TREP.
RE-CHUT ! ÇA NE DEVRAiT PLUS TARDER MAiNTENANT !
KRRRRR R R
?!
?!

TOTAL DÉCHIRAGE !
ROXXAGE INTÉGRAL !
SUPRACARTON ! ULTIME !
MMH, ÉTLANGE CETTE ADOLATION DE L'OLAGE !
COUTUME IOP, JE SUPPOSE ...
! ! ?

C'EST JOUR
DE GLOIRE !
J'AI ENCORE
GAGNÉ UNE
PLACE !

UNE PLACE ?
MAIS DE QUOI PARLEZ-VOUS ?
UNE PLACE GLATUITE POUL UN VOYAGE ?
AH, JE VOIS...
NOUVELLES RECRUES, PAS VRAI ?
SHBLAM
JE PARLE DE...
... LA *TOTEM ARENA* !

LA *TOTEM ARENA*, AU CENTRE DE L'ÎLE !
LÀ OÙ LE *TONNERRE* ET LA *FOUDRE* FRAPPENT EN PERMANENCE.

LÀ OÙ SE TROUVENT LES TOTEMS DE TOUS CEUX QUI SONT PRISONNIERS DE CETTE ÎLE !

DES TOTEMS COMME LE MIEN,
OU COMME CELUI DU BWORK...
... QUE JE VIENS D'EXTERMINER !
BRAOUM
DES TOTEMS ?
CE VOYAGE LISQUE D'ÊTLE INSTLUCTIF MALGLÉ TOUT !
NOUS SERIONS PRISONNIERS ?
DANS CE CAS, OÙ EST NOTRE JEUNE COMPAGNON ?!

BIEN SÛL, SI J'AVAIS ENCOLE MA LONGUE-VUE, JE POULAIS SCLUTER LES ENVILONS À SA LECHELCHE...
MON ENCYCLOPÉDIE POURRA PEUT-ÊTRE NOUS AIDER...
MON ENCYCLOPÉDIE !
JE L'AI PERDUE !
LE SEUL MOYEN DE S'ÉCHAPPER DE CETTE ÎLE,
ENCYCLO !
C'EST D'ÊTRE LE PREMIER !
KLICK
COMME EXPLICATION, ÇA ME PALAÎT TALABISCOTÉ...

iL VOUS FAUT...
... DES PREUVES ?
SLASHHHHHHH!
ÇA VOUS SUFFIT ?
RHA ! Si MON ENCYCLO VOYAiT ÇA !
LHA ! Si EUSEBIO VOYAiT ÇA !

HUM
À CHAQUE VICTOIRE, NOUS, LES GUERRIERS, SOMMES MARQUÉS...
... COMME DES BOUFTOUS. PAS MOYEN DE S'ÉVADER !
POUR ÊTRE LIBRE, IL FAUT ÊTRE LE PREMIER DE L'ARÈNE !
REGARDEZ MA NUQUE. QU'EST-CE QUE VOUS VOYEZ ?
UN TLIPLE X.
TROIS X QUI SIGNIFIENT TRENTE, DANS L'ANCIENNE ÉCRITURE XÉLORIQUE.

TROIS X !!
LA TRENTIÈME PLACE !
DANS VINGT NEUF VICTOIRES, JE SERAI LIBRE !!
LIBRE !!
HELP
BREF... JE N'AI PLUS QU'À ATTENDRE QU'ON VIENNE ME CHERCHER.
MERCI ENCORE POUR VOTRE SOUTIEN !
?!
?!
SOUHAITEZ-MOI BONNE CHANCE !!
JUSTE UN DERNIER DÉTAIL À RÉGLER...

WOOOSH
?
?
SHPAF
KESKE C'EST QUE CE TLUC ?

BAS LES PATTES, LE COMIQUE !
?!
C'EST PAS POUR LES GAMINS ÇA !
CÉCELUIKIDIKILÉ !
PFFF
CETTE CARTE D'ÉQUIPEMENT EST POUR MOI, PAS POUR DES RIGOLOS DANS VOTRE GENRE.
SCKLIK
VOUS ALLEZ VOIR.
WOOSH !

JE COMMENCE À AVOIR LA CLASSE, PAS VRAI ?
QUEL PELSONNAGE PITTOLESQUE !
DE MIEUX EN MIEUX ...
BIEN... Y'A PLUS QU'À REGAGNER LES ARÈNES.
TOUT DE MÊME,
C'EST BIZARRE D'ÊTRE ÉJECTÉ DU COMBAT.
À PART LE BWORK, J'AI MÊME PAS EU LE TEMPS DE VOIR MES ADVERSAIRES...
VOUS Z'ÉTIEZ PAS DANS L'ÉQUIPE ADVERSE AU MOINS ?
PAS LE MOINS DU MONDE !
JE ME PRÉSENTE : WANOKLOX, DISCIPLE DE XÉLOR.
COMME VOUS, J'AI ATTERRI ICI, ET ÇA RESTE UN MYSTÈRE POUR MOI !

PALEIL POUL MOI. MON NOM EST KIT, JE SUIS DESSINATEUL ET EXPLOLATEUL DE CONTLÉES LOINTAINES.
J'ÉTAIS EN VOYAGE, JE TLAVAILLAIS SUL MON PLOCHAIN LIVLE, QUAND PLAF, JE...
ÇA VA, PETITE CRÉATURE POILUE. J'AI COMPRIS.
VOUS DEUX, ÉCOUTEZ-MOI ATTENTIVEMENT.
VOUS ALLEZ ÊTRE JETÉS DANS UNE ARÈNE. ENSUITE VOUS ENCHAÎNEREZ LES COMBATS JUSQU'À ÊTRE LE PREMIER.
ALORS, VOUS SEREZ LIBRES.
TIENS, DES CLÉATULES COLNUES ET PATIBULAILES ...
LES DOPEULS. ILS VIENNENT NOUS CHERCHER !

MiEUX VAUT NE PAS MOISIR iCi !
N'ESPÈRE PAS T'ENFUIR, XÉLOR. iLS TE RETROUVERONT !
! ?
ZAAAAAP

IÇI, NOUS SERONS À L'ABRI PENDANT QUELQUE TEMPS.
?!
SHPAF
QUELLE AVENTULE ! VITE ! PLENDLE DES NOTES AVANT D'OUBLIER TOUT ÇA !
ALGH ! PLUS DE PAPIER !

HEULEUSEMENT, J'AI UN FLAIL INFAILLIBLE POUR TLOUVER DE QUOI DESSINER.
VOUS QUI ÊTES ARTISTE, ET QUI AVEZ PAS MAL VOYAGÉ,
VOUS AVEZ DÉJÀ ENTENDU PARLER DE CET ENDROIT ?
NON.
VOUS SAVEZ, JE DESSINE SULTOUT DES HISTOILES DE HÉLOS SUPEL PUISSANTS.
MES VOYAGES, C'EST POUL TLOUVER L'INSPILATION.
?!
BIZALLE !
CES LOCHELS SENTENT LE PAPIEL. ALLONS VOIL !
HO !

C'EST UN LIVRE DE HAUTE MAGIE XÉLORIQUE !
ÉCOUTEZ-ÇA, KIT...
"Les Démons des Heures enlevèrent quelques-un des 12 avatars des dieux. Ces héros puissants, partis en quête des oeufs de Dragon sacrés, se retrouvèrent à combattre dans les arènes tenues par les Démons."
DES AVATARS DIVINS, ENLEVÉS, TOUT COMME NOUS ! ?
JE ME DEMANDE COMBIEN D'ENTRE EUX SONT ICI...
! ?
KRRRRKR
! ! !
KRRRKRRR R
JE DILAIS, AU MOINS QUATLE...

PAR LE MARTEAU DE XÉLOR !
PAS UN INSTANT À PERDRE !
GRIMPONS SUR CES TOTEMS !
MAIS ...
LÂCHEZ-MOI !
SAUTE
HOP
ET HOP !

SI QUATRE DIEUX ONT ENVOYÉ LEURS AVATARS ICI, NOUS FERIONS BIEN DE LES TROUVER.
POULQUOI ÇA ?
COMME LE DIT LE LIVRE, CES ENLÈVEMENTS D'AVENTURIERS SONT L'OEUVRE DE CRÉATURES DIABOLIQUES...
DES CLÉATULES DIABOLIQUES ?!
CROYEZ-MOI : TOUT CELA NE DOIT PAS PLAIRE AUX DIEUX !
NI AUX AVATARS D'AILLEURS ! AUPRÈS D'EUX, AU MOINS, NOUS SERONS EN SÉCURITÉ !

...
GLUPS ! JE NE SUIS PAS SÛL QUE C'ÉTAIT UNE SI BONNE IDÉE...
MIEUX VAUT ÊTRE PRUDENT EN EFFET !
ATTRAPEZ CES QUELQUES BRANCHES, KIT !
CATCH
CATCH
AINSI CAMOUFLÉS, NOUS PASSERONS INAPERÇUS !

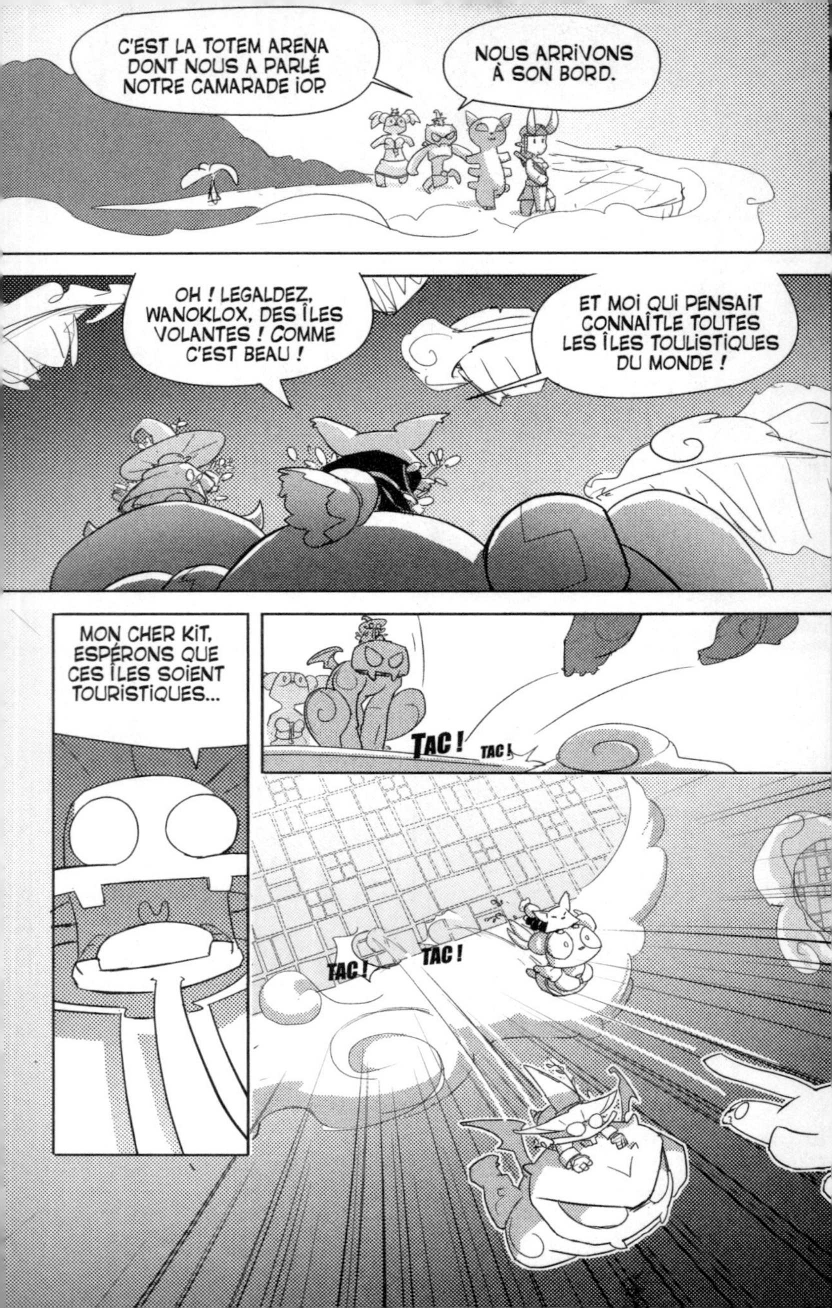
C'EST LA TOTEM ARENA DONT NOUS A PARLÉ NOTRE CAMARADE IOP.
NOUS ARRIVONS À SON BORD.
OH ! LEGALDEZ, WANOKLOX, DES ÎLES VOLANTES ! COMME C'EST BEAU !
ET MOI QUI PENSAIT CONNAÎTLE TOUTES LES ÎLES TOULISTIQUES DU MONDE !
MON CHER KIT, ESPÉRONS QUE CES ÎLES SOIENT TOURISTIQUES...
TAC !
TAC !
TAC !
TAC !

ENCYCLO BONUS

Les Démons des Heures

Ils sont au nombre de 24, comme les 24 heures de l'Horloge Divine. Jadis, ils aidaient Xélor à administrer le Temps. Mais ils se sont rebellés contre leur Maître... Grâce à un sortilège particulièrement puissant, le Dofus Arena, ils entraînent les aventuriers du Monde de DOFUS dans leur terrain de jeu : l'Arène des Démons des Heures.

Les Totems

A chaque fois qu'un guerrier est happé dans le monde des Démons des Heures, un Totem lui est attribué. A chaque victoire, son Totem avance d'une place sur la Totem Arena. Celui qui place son Totem sur la 1ère place est libre. C'est ce que dit la loi des Démons.

ANKAMA EDITIONS
Dofus Arena
Chapitre 5
Frappe-moi si tu peux !
Fullcanelli
JiBe
Mojojojo
1,75
Martalo

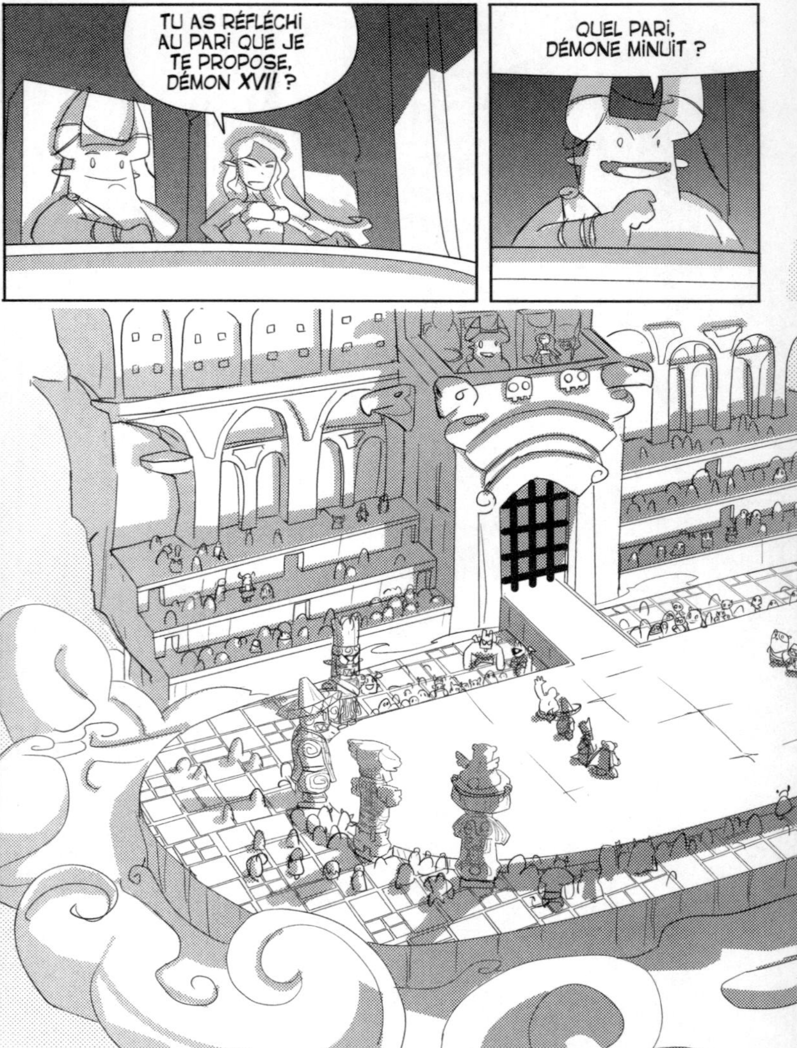
TU AS RÉFLÉCHI AU PARI QUE JE TE PROPOSE, DÉMON *XVII* ?
QUEL PARI, DÉMONE MINUIT ?

AH OUI, J'Y SUIS !
C'EST D'AILLEURS POUR ÇA QUE JE T'AI DEMANDÉ DE VENIR, POUR TE PRÉSENTER MA TOUTE NOUVELLE ÉQUIPE.
TU VAS VOIR, ILS SONT GÉNIAUX !!!
JE DÉCLARE OUVERT LE PREMIER COMBAT D'ENTRAÎNEMENT, QUI OPPOSERA L'ÉQUIPE DES *GOB'MONSTERS* À L'ÉQUIPE DES EUH... DES *AVATARAT'GAMEL* !
AVATARAT'GAMEL ? C'EST PAS UN PEU BIZARRE COMME NOM ?
GOB'MONSTERS, C'EST PLUS SYMPA !

TAK
TAK
PALDON, PALDON ! POUSSEZ-VOUS JE VOUS PLIE !

AÏE, LE COMITÉ D'ACCUEIL ! PRENEZ LA POSE, KIT !
SHPAF
SHPOF
FLAP
AP
FLAP
FLAP

FAITES UNE OVATION À L'ÉQUIPE DE XVII !!!
VOUS LES CONNAISSEZ TOUS. XVII LES A RÉUNI POUR VOTRE PLUS GRAND PLAISIR !!!
PATACLOP LE PANDAWA TOUJOURS BOURRÉ !
RUTGER LE IOP, DONT LES COLÈRES SONT LÉGENDAIRES !
GUITEL LE CRÂ, QUI VISE TOUJOURS LES COUPS LES PLUS BAS !
PÉPITOX, LEADER CHARISMATIQUE ET ÉTERNEL DON JUAN.
APPLAUDISSONS LES GOB'MONSTERS !!!

ET MAINTENANT UNE TOUTE NOUVELLE ÉQUIPE, CELLE DE MINUIT !
SOUHAITONS-LEUR BONNE CHANCE, CAR ILS N'ONT PAS L'AIR TRÈS FRAIS !!!
L'AVATAR FÉCA, ASSEZ JOLIE TOUT DE MÊME...
L'AVATAR PANDAWA, PAS TRÈS EXPRESSIF, IL FAUT BIEN LE DIRE.
L'AVATAR ÉCAFLIP...
ET L'AVATAR SRAM !
UNE ÉQUIPE MA FOI TRÈS ORIGINALE, PUISQUE TOUS CEUX QUI EN FONT PARTIE PORTENT LE MÊME NOM !
BRAVO À L'ÉQUIPE DES AVATARAT'GAMEL !!!

QUOI ?
TU AS RÉUNI QUATRE DES DOUZE AVATARS ?!
ÇA N'A PAS ÉTÉ FACILE, LES AVATARS SONT À L'IMAGE DES DIEUX...
... REDOUTABLES, COMME EUX !
TU SAIS, IL FAUT SAVOIR S'ENTOURER DES MEILLEURS ...

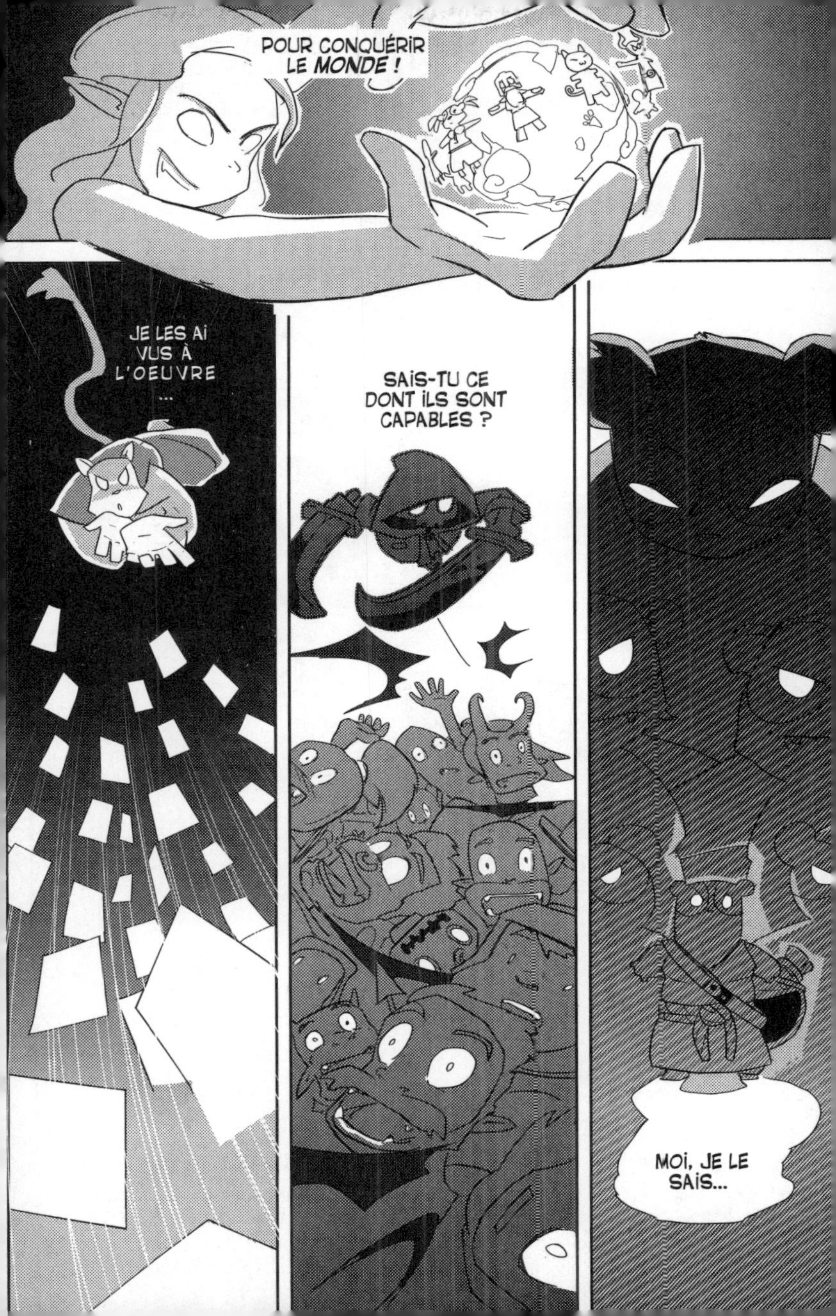
POUR CONQUÉRIR LE MONDE !
JE LES AI VUS À L'OEUVRE ...
SAIS-TU CE DONT ILS SONT CAPABLES ?
MOI, JE LE SAIS...

BON, J'AI COMPRIS : ÇA VA *COGNER* !
HÉHÉHÉ, QUEL ENTHOUSIASME ! TU AS OUBLIÉ QUE CE COMBAT, TU LE JOUES CONTRE MON ÉQUIPE DE TUEURS !
PAF
QU'EST-CE QUE ÇA PEUT BIEN FAIRE ?
ELLE EST SI FORTE QUE ÇA TON ÉQUIPE ?
NOM DE DJAUL, J'AVAIS OMIS CE DÉTAIL !
LA MÉMOIRE DE CE CRÉTIN S'EFFACE TOUTES LES 5 MINUTES...
ET VOICI L'INTERLUDE PUBLICITAIRE DE NOTRE PARTENAIRE GIFLETTE !
peaux sensibles ? une seule solution :
giflette mach 4
4 lames en titanium feuilleté, à la coupe précise et sans bavure.
giflette mach 4
pour le guerrier qui ne respecte pas la peau de ses adversaires.
venez participer ou assister à notre démonstration à l'entracte.

PENDANT CE TEMPS, LES STRATÈGES PLACENT LEURS COMBATTANTS...
ATTENTION, LE GONG VA BIENTÔT RETENTIR... !
RAPPELONS QUE CE COMBAT N'EST PAS PRIS EN COMPTE POUR LE CLASSEMENT DE LA *TOTEM ARENA*. C'EST UN PARI TOUT CE QU'IL Y A DE PLUS AMICAL !
MINUIT TESTE UNE TOUTE NOUVELLE ÉQUIPE ! NOUS ALLONS BIENTÔT SAVOIR SI CELLE-CI VAUT LE COUP !

GONG!
ET VOICI LE PREMIER ÉVÉNEMENT DE CE COMBAT !
C'EST LA CARTE DU DIEU XÉLOR !
SES DISCIPLES PEUVENT FAIRE DEUX FOIS PLUS D'ACTIONS QUE D'ORDINAIRE !
CHTAC !
FWOOSH !!

LA CARTE DU DIEU XÉLOR ME DONNE UN AVANTAGE DONT IL FAUT PROFITER TOUT DE SUITE !
SI ON ESSAYAIT LA TOUR INFERNALE ?
BIEN VU, ÇA !
HÉHÉ, EN UN RIEN DE TEMPS CE SERA FINI !
EN ORDRE DE COMBAT, TOUS POUR BOOSTER PÉPITOX !
YEAH !!!
ÇA Y EST, LES GOB'MONSTERS ENTRENT EN ACTION !
PÉPITOX JETTE SON SORTILÈGE DE CONTRE, QUI LE PROTÈGE DES ATTAQUES ENNEMIES. CEUX-CI SEMBLENT NE PAS RÉAGIR !!!
MIRWAR !

PÉPITOX EST BOOSTÉ PAR TOUS SES COÉQUIPIERS !
ÇA FAIT CHAUD AU COEUR !
CHA...
HOP !
OEIL DE LYNX !
KRAM
FLASH
FLASH
FLASH

ÇA Y EST ! LES AVATARAT'GAMEL SEMBLENT SE RÉVEILLER !
L'AVATAR FÉCA S'ÉLANCE VERS SES ADVERSAIRES !
CERTAINEMENT POUR FRAPPER AVEC *BULLE*, UN COUP PARTICULIÈREMENT PUISSANT...
MAIS ATTENTION !
RUTGER BOOSTE SES COÉQUIPIERS !
LE CHOC VA ÊTRE TITANESQUE !!!
GUIDE DE ...
BRAVOURE ! ! !

FSSSSSH !!!
VAS-Y PÉPITOX ! ON T'A TOUT DONNÉ ! BALANCE LA SAUCE !
LA FÉCA FONCE VERS L'ENNEMI ! LE XÉLOR EST EN PREMIÈRE LIGNE, ILS VONT PRENDRE CHER !!!
COMME ELLE EST BELLE... SURTOUT QUAND ELLE COURT !
QU..
ALLEZ !!! PÉPI !
MAIS NON... QUE SE PASSE-T-IL ? ELLE S'ARRÊTE !
JUSTE DEVANT PÉPITOX !
SERAIT-CE LE DÉBUT D'UNE IDYLLE ?... NON, ELLE S'EST RENDORMIE.
POU...
DÉSOLÉ, FILLETTE... C'EST LA JUNGLE ICI !
POUSSIÈRE...

... TEMPORELLE !!!
FLAAAASH ! !!

WOUAH ! ENCORE ! ENCORE !
...
BRAOOM !!!
QUELLE ATTAQUE ! DÈS LE DÉBUT, LES GOB'MONSTERS ONT RÉUSSI À PORTER UNE ATTAQUE DÉVASTATRICE AUX AVATARAT'GAMEL !
RÛK RÛK RÛK, JE NE ME SOUVIENS PAS DE CE QUI VIENT APRÈS, MAIS ÇA DOIT ÊTRE BIEN !

PAF
PAF
CLAC
VOUS AVEZ COMPRIS, MAINTENANT ? 'VA FALLOIR VOUS BATTRE, LES COMIQUES.
ET VOUS FERIEZ BIEN DE VENIR VOIR ÇA...
ON APPREND DES CHOSES EN REGARDANT LES AUTRES SE BATTRE !

POUPÉE, J'AI UN DEAL À TE PROPOSER.
CORAZÓN ENFLAMADO
JE SENS UN BON FEELING ENTRE NOUS, MON COEUR...
ÇA TE DIRAIT UNE TRÊVE D'AMOUR ? ON POURRAIT SAVOURER QUELQUES NACHOS CHEZ MOI...
COMMENT VONT RÉAGIR LES AVATARAT' ? UNE CHOSE EST SÛRE, ILS ONT DÉGUSTÉ ! ILS SONT K.-O. DEBOUT !
ILS NE SURVIVRONT PAS À UN DEUXIÈME ASSAUT DE LEURS ADVERSAIRES !
SURTOUT LA FÉCAETTE QUI S'EST TOUT MANGÉ EN PLEINE POIRE ! ELLE EST CARBONISÉE COMME UNE OMELETTE NORVÉGIENNE DE CHEZ MC RONALD !
DANS SON ÉTAT, ELLE DEVRAIT ÊTRE FLATTÉE PAR LA PROPOSITION DE SON ADVERSAIRE !
MÊME SI TOUT ÇA BAFOUE LE RÈGLEMENT SPORTIF DE L'ARÈNE !

TU RÉPONDS PAS, BEAUTÉ ? TANT PIS POUR TOI, BABY !
ON VA VOUS FINIR EN MOINS DE DEUX.
ALORS IL SERA INUTILE DE ME SUPPLIER !
RUTGER, PATACLOP, GUITEL, FORMATION DELTA-TANGO.
DELTA-TANGO ?!
PÉPITOX, T'ES ÉNERVÉ MAIS...
DELTA-TANGO !

JE SUIS CURIEUSE DE VOIR LA SUITE...
LA SUITE ?
QUELLE SUITE ? TON ÉQUIPE DE ZOMBIES VA SE FAIRE EXTERMINER, HÛK HÛK...
IL SE PASSE QUELQUE CHOSE D'ÉTRANGE... JE LE SENS...
ET ÇA NE VIENT PAS DES GOB'MONSTERS...
FORMATION
DELTA
TAN
GO !

MON DIEU C'EST INCROYABLE !!!
TOUTE LA PUISSANCE DES GOB'MONSTERS PASSE DANS LA FLÈCHE DE GUITEL !
C'EST UN VRAI DÉLUGE DE DESTRUCTION AUQUEL NOUS ASSISTONS !
FWAM !!
L'ÉQUIPE DE MINUIT NE SE DÉFEND MÊME PAS ! L'ISSUE DU COMBAT EST JOUÉE D'AVANCE !
JE NE SAIS PAS MOI ! ILS POURRAIENT FAIRE QUELQUE CHOSE !
MAIS NON, RIEN, ILS BAYENT TOUS AUX CORNEILLES !

JE SENS COMME UNE CONCENTRATION D'ÉNERGIE... ON DIRAIT...
RAFRAÎCHIS-MOI LA MÉMOIRE, MINUIT. QU'EST-CE QU'ON AVAIT PARIÉ, DIS ?
TU NE T'EN SOUVIENS VRAIMENT PAS ?
LE DÉLUGE DE FEU CONTINUE À DÉFERLER SUR LES AVATARAT'GAMEL !
TRÊVE
HA ! ENFIN ! LA PREMIÈRE ACTION DES AVATARS ! MAIS J'AI PEUR QU'IL NE SOIT TROP TARD !
À TERRE !

BRAOOM!!!
HAY CARAMBA !
TOF
HÛK HÛK HÛK

QU'EST-CE QU' ?!
HA AA

TOUS...
TOUS AUX ABRIS !!!
HAAAAA !
HAAAAA
HAAAA !
HAA !
MON ÉQUIPE...
HAAAA !
HAAAA !
MON CHER XVII, J'AI GAGNÉ. NOUS AVIONS PARIÉ...

... TON VOTE AU CONSEIL DES DÉMONS, TOUT À L'HEURE. TU APPUIERAS MON PLAN, N'EST-CE PAS ?
BEH OUI. REGARDE, JE FAIS UN NOEUD.
LES TRUCS ET ASTUCES DE XVII
QUAND JE VEUX ME SOUVENIR D'UN TRUC, JE FAIS UN NOEUD À MON BRACELET !
COMME ÇA !
QUELLE ATTAQUE ! JE N'EN AI JAMAIS VU DE SEMBLABLE... SEUL UN DIEU POURRAIT ÊTRE CAPABLE D'UNE TELLE PUISSANCE !

OU PEUT-ÊTRE DES AVATARS : LES DÉMONS DES HEURES ONT CAPTURÉ DES AVATARS DES DIEUX.
OUI, SIEUL TLEPANEM, DES AVATALS DIVINS !
ET C'EST PAS DE LA TALTE !
MMMH... C'EST DE L'HUMOUR LENALD ?
TREPANEM, VOUS POUVEZ NOUS CROIRE : CE SONT DES AVATARS. NOUS LES AVONS SUIVIS JUSQU'ICI !
TOUT EST MARQUÉ DANS CE LIVRE !

SI C'EST LE CAS, NOUS AUTRES N'AVONS AUCUNE CHANCE !

NON, AUCUNE !

ENCYCLO BONUS

Les Disciples et leurs Dieux

Les disciples des 12 dieux ont chacun une magie particulière. Certains disciples peuvent voyager à travers le temps, comme les Xélors, et d'autres peuvent se transposer, comme les Sacrieurs... A toi de découvrir les magies des 12 dieux !

Fig. 1 : Xélor

Fig. 2 : Sacrieur

ENCYCLO BONUS

Les Avatars

Lorsque les dieux veulent apparaître sur le Monde, ils décident de s'incarner dans un corps de chair et d'os. On appelle cet être divin un avatar.

Dofus Arena
Chapitre 6
La Très Grande Évasion
Ankama Editions
Fullcanelli
JiBe
1,75
Aperirel

AU COLLÈGE GRILEMBORE : C'EST TOUJOURS L'HEURE POUR UN GOÛTER RICHE EN CHOCOLAT !
CROUSTI MIAM MIAM
TOC TOC
CHOCOLAT

LES GARS !
HEY !
C'EST QUOi CE ...

ViTE

HEY !
FULi !
WENDY !
SORTEZ-MOi
DE LÀ !

FULI !
WENDY !
FULI !
WENDY !
GRILEMBORE
LA FISTULE
KROKKER
WENDY

HAAAAAAA!
AAAA...
UN DÉMON QUI ME MET LE GRAPPIN DESSUS, MES AMIS QUI M'IGNORENT...
C'EST DU GROS CAUCHEMAR BIEN LOURD, ÇA.
ALLEZ PYM. POSITIVE ATTITUDE : JE SUIS EN TERRAIN CONNU, À ASTRUB...
SAUTE

FAUT BIEN AVOUER QUE, NIVEAU TÉLÉPORTATION, C'EST PAS ENCORE ÇA...
GRATTE
TÉLÉPORTATION # 1
TÉLÉPORTATION # 48
TÉLÉPORTATION # 79
Hiii !
TÉLÉPORTATION # 129

HEY !
VRAOOOOOOOM !!!
ÇA VA PAS NON !?
VITE ! VIRGIL EST ARRIVÉ !
VirGiL
GO GO GO !
VIRGIL, C'EST QUI CELUI-LÀ ?
Chez VirGiL
BLABLA BLA...
BLA BLA ...
MAIS ON DIRAIT QUE C'EST...
FISTULE ! MAIS QU'EST-CE QUE TU FAIS ICI ?

PYM ! NOM D'UN PETIT FANTÔME !
POUSSE
POUSSE
CATCH
TOUTE L'ÉCOLE EST À TA RECHERCHE, TU SAIS ?
QUOI ?
ET COMME TU T'ES TÉLÉPORTÉ DEVANT MOI, J'ÉTAIS TRÈS INQUIET !
FISTULE !
NE ME DIS PAS QUE TU EN AS PARLÉ AUX PROFS !
BEN...

J'AI PEUT-ÊTRE MENTIONNÉ CETTE HISTOIRE DE DÉMONS DES HEURES...
MMH, TU ME DIRAS, S'ILS SAVENT QUE JE SUIS PARTI AFFRONTER DES DÉMONS, C'EST BON POUR MON CARNET SCOLAIRE...
OUF
IL EN DIT QUOI, LE PROF DE MAGIE MARTIALE ?
LUI, JE SAIS PAS.
MAIS KROKKER, IL A DÉCRÉTÉ L'ÉTAT D'URGENCE. PAS CROYABLE, HEIN ?
TOUT ÇA POUR ME SAUVER... J'EN SUIS PRESQUE ÉMU !
ON VA TE SAUVER, P'TIT GARS!
ILS DISENT QUE C'EST LE MONDE QUI EST EN DANGER. À CAUSE DE CES DÉMONS, TU VOIS...
ET PUIS, TU ES AUSSI RECHERCHÉ PAR MALYCORNE. JE DOUTE QUE CE SOIT POUR TON BIEN.

GRMBL !
CELUI-LÀ, S'IL ME CHERCHE, IL VA ME TROUVER !
EN FAIT, TU AS PAS MAL D'ÉLÈVES À TES TROUSSES... TOUTE L'ÉCOLE EN FAIT, SAUF WENDY ET FULI.
GLUPS !
IL FAUT DIRE QU'IL Y A UNE RÉCOMPENSE...
PORTÉ DISPARU. EH BIEN, QUELLE HISTOIRE !
MAIS SI ON RETROUVAIT LES GENS AVEC CES AFFICHES, ÇA SE SAURAIT.
CROIS-MOI, JE SAIS DE QUOI JE PARLE.

AVIS DE RECHERC
Pym Eoliath
récompense de
000 Kamas
MMH... TU DIS QUE TOUTE L'ÉCOLE DE MAGIE ME COURT APRÈS, HEIN ?
ENFIN, ON PEUT VOIR TA BOBINE AFFICHÉE DANS TOUTE LA VILLE !
E RECHERCHE
Pym E
récompense
20000 K
ET PENDANT CE TEMPS, LE MONDE EST EN DANGER !
ÉCOUTE, FISTULE. J'AI LE POUVOIR DE ME TÉLÉPORTER DANS LE MONDE DES DÉMONS...
JE NE SAIS PAS POURQUOI, MAIS, C'EST SÛR, CE N'EST PAS PAR HASARD !
TU AS RAISON : IL N'Y A PAS DE HASARD !
MON DESTIN EST LIÉ À CETTE ARÈNE, JE LE SENS !
ALORS JE CONNAIS QUELQUE CHOSE QUI POURRA T'AIDER !
SUIS-MOI !

TU CONNAIS LE DOFUS MAGRIMOIRE ?
CATCH
TU VAS VOIR,
IL Y A DES HISTOIRES GÉNIALES DEDANS...
KLING
REGARDE ! IL Y A MÊME DES "CARTES SORTILÈGES" À COLLECTIONNER !

CE MOIS-CI, C'EST SUR LES SRAMS...
JE TE L'OFFRE !
TU SAIS, JE NE SUIS PAS SÛR QUE ÇA M'AIDE...

DÉTROMPE-TOI, PYM !
REGARDE LE SUPPLÉMENT DÉTACHABLE !
ARRACHE
ET HOP ! JE SUIS UN SRAM !
HAHAHA ! PLUS VRAI QUE NATURE ...
?
MAINTENANT QUE JE SUIS LÀ, JE VAIS QUAND MÊME JETER UN COUP D'OEIL DANS CE BRIC-À-BRAC...

BONJOUR M'SIEUR, VOUS AURIEZ DES BOUQUINS SUR LA TÉLÉPORTATION ?
J'AI QUELQUES LIVRES, MAIS RIEN DE BIEN FAMEUX.
UN PROFESSEUR DE GRILEMBORE M'A ACHETÉ TOUT MON STOCK !
SÛREMENT ARIMATH !
JE NE SAVAIS PAS QU'IL VENAIT S'APPROVISIONNER ICI.
JE REGRETTE GRILEMBORE...
EN ÉTANT UN PEU PLUS ATTENTIF, J'AURAIS PU MAÎTRISER LA TÉLÉPORTATION...

COMME TU M'ES SYMPATHIQUE, JE PEUX TE PROPOSER CETTE SUPERBE HORLOGE XÉLOR.
?
LONG SILENCE ...
MAIS... ELLE EST CASSÉE !
ET MÊME COMME ÇA, ELLE DONNE L'HEURE JUSTE DEUX FOIS PAR JOUR !
REGARD DE VELOURS
SOURIRE SÉDUCTEUR
J'AI AUSSI UNE AUTHENTIQUE AIGUILLE, CERTIFIÉE 100% XÉLOR !
QUE PENSES-TU D'UNE PANOPLIE TEMPOUS FOUGUITE ?
OU UN PARCHEMIN EN COULEURS DE MISS ASTRUB 637 ?

ET ÇA AUSSI...
HOLÀ !
CLIENT EN FUITE...
!?
JE VOIS, TU ES UN CONNAISSEUR !
ALORS REGARDE ÇA !
C'EST UNE ÉDITION ÉPUISÉE D'UN LIVRE QU'ON NE TROUVE PLUS AUJOURD'HUI, PAS MÊME EN BIBLIOTHÈQUE.
UNE PIÈCE RARE, DATÉE D'UNE DIZAINE D'ANNÉES AU MOINS !
ATTRAPE !

LE NUMÉRO 77 D'ARENA MANGA !
C'EST DU BON !

ESPÈCE DE GROS FOURBASSE !
PFF ! C'EST POUR LES GAMINS CE TRUC !
ET C'EST QUOI CES RÉPLIQUES ?!
?
C'EST DONNER DE LA CONFITURE À DES COCHONS...
VOYONS VOIR LA SUITE !

PAS POSSIBLE !
JE CONNAIS CE IOP !
IL S'APPELLE TREP ! JE L'AI RENCONTRÉ HIER SUR CETTE ÎLE PAUMÉE !
PARC
Trep An
MAIS SI CE BOUQUIN A DIX ANS, IL DEVRAIT FAIRE PLUS VIEUX !
ALORS... QUAND J'UTILISE LA FORMULE DE TÉLÉPORTATION DES DÉMONS, JE VOYAGE DANS LE TEMPS !

JE T'AVAIS DIT QUE C'ÉTAIT UN LIVRE SPÉCIAL !
UN AVIS DE RECHERCHE OFFICIEL DE LA MILICE D'ASTRUB ?
C'EST ÉTRANGE !
PAS TANT QUE ÇA... JE NE SAIS PAS SI TU TE SOUVIENS, MAIS IL Y A EU DES DISPARITIONS PAR ICI.
J'ÉTAIS ENCORE ENFANT, MAIS MON PÈRE M'A TOUT RACONTÉ.

IL Y AVAIT DES AVIS DE RECHERCHE PLACARDÉS PARTOUT DANS LA VILLE...
Sophie DISPARU
Aladin DISPARU
ET PARMI TOUS LES AVIS, CEUX DE MA MÈRE, ET DE MES FRÈRES ET SOEURS !
DISPA
famille Eoliath Enfants et Mère
DISPARUS
SPARUE
ON NE LES A JAMAIS RETROUVÉS !

L'AVIS DE TREP DATE DE CETTE ÉPOQUE...
ÇA VEUT DIRE QU'ILS SONT PEUT-ÊTRE LÀ OÙ J'AI RENCONTRÉ LE IOP !
ÇA VEUT DIRE AUSSI QUE MON POUVOIR ME PERMET DE ME TÉLÉPORTER DE CE MONDE, MAIS AUSSI D'EN REVENIR !
ALORS ? TU ME L'ACHÈTES ?

HEY !
!?
KLI
GLING
OUPS ! T'INQUIÈTE VIRGIL, JE LE RAMÈNE !
VRAOUM
MAIS ...

HÉ PYM !
ATTENDS-MOI !
Chez VirGiL
FISTULE, TU AURAIS PU ME PARLER DE CE LIVRE AVANT !
C'EST DE LA BOMBE CE BOUQUIN !
GRÂCE À LUI, J'AI COMPRIS...

POUR ÊTRE UN HÉROS, UN DÉFENSEUR DU BIEN, C'EST PAS BIEN COMPLIQUÉ ! REGARDE CEUX-LÀ :
ED ERAZER, ARMÉ DE SA FIDÈLE ÉPÉE RAZIELLE !
CICATRINE, LA SRAMETTE AUX BLESSDAGS ULTRA-COUPANTES !
ET J'AI GARDÉ LE MEILLEUR POUR LA FIN : KRAD WYD LE SACRIEUR ET ZÉBRÉCHEUR, SON SABRE LÉGENDAIRE !

CE QU'IL ME FAUT, C'EST DU MATOS, DU LOURD !
J'AI PLUS BESOIN D'ÉCOLE DE MAGIE !
AVEC ÇA, JE VAIS LIBÉRER LE MONDE DE L'EMPRISE DES DÉMONS ET RETROUVER LES MIENS !
...
SWOOSH

?!
HÉ, LE CORNU !
LÂCHE ÇA !
AARGH !!
HAHAHA !

PYYYM !!
AU SECOURS !!!
N'EST-CE PAS ?
MON PETIT PYM.
MÊME UN BOUFTOU A COMPRIS...
AVEC LA FORCE BRUTE, ON ARRIVE À TOUT !
ARGH...

NOUS NOUS SOMMES FAIT DU SOUCI ! RESTER SEUL, DEHORS, TOUTE LA NUIT...
... ALORS QU'ON A TANT DE CHOSES À SE DIRE...
J'AI COMPRIS TON MANÈGE. C'EST TOI QUE J'AI VUE DANS L'ARÈNE.
ET JE N'AI RIEN À TE DIRE !
ATTIRANCE !
HEIN ?
GLING
GUILING
CLAC
CLAC
FWOSH

CATCH
HEY !
SLASH
SLASH
RESLASH
VILAIN GARÇON... FINI DE JOUER !
TU MÉRITES UNE GROSSE PUNITION !
GLURP ...
HAAAA !!! AU SECOURS !!!
TU VAS TÂTER DE MON FOUET !

!?
PYM ?
MADEMOISELLE SIGISBUL !?
HALTE !
YAAA !!!
STOP !!!
!?
SHPOP !!!
OÙ EST-IL?!
JE... JE NE SAIS PAS !

CO... COMMENT A-T-IL FAIT ÇA ?
PEU IMPORTE !
ET LE PLUS TÔT SERA LE MIEUX !
...
JE VEUX DIRE... POUR NOUS TOUS...
ET POUR QUE NOUS SOYONS ENFIN TRANQUILLES !
IL FAUT QU'ON LUI METTE LA MAIN DESSUS, À CE SALE GOSSE.
TOUS LES DEUX, ARIMATH.
HA BEN, HEU...
OUAIS.

ENCYCLO BONUS

Le Tofu

Petit volatile aussi mignon que stupide, le Tofu est une espèce tellement attachante qu'il faut parfois un bon coup de hache pour s'en défaire...

Ce qu'est un Dofus

Les Dofus sont des oeufs de Dragon. Ils sont au nombre de 6 : Emeraude, Pourpre, Turquoise, Ocre, Ivoire et Ebène. Il est dit que celui qui réunira les 6 Dofus, deviendra l'égal des dieux.

LES PROBLÈMES DRAGODINDESQUES D'ARIMATH

Chers élèves, pour pratiquer la magie martiale en toute sécurité, il vous faut d'abord vous entraîner à calculer tout un tas de choses qui vous serviront toute votre vie durant (Si, si, c'est vrai !). La preuve avec le problème qui suit :

La distance séparant la cité d'Astrub de la cité de Brâkmar est de **512 km**. À pied, ça fait un bout. Heureusement qu'existent les Dragodindes !

Alors voilà : une Dragodinde quitte Astrub à **6 h** - elle est matinale cette Dragodinde, ça, c'est sûr. Elle court à **56 km/h**.
A 6 heures du mat' vous ne pourriez pas en faire autant, c'est clair.

Une autre Dragodinde quitte Brâkmar à **8h**. Elle court à **69 km/h**. Vous pouvez en déduire que c'est une Dragodinde de course, rapide mais un peu flemmarde.

VOILÀ LES QUESTIONS TANT ATTENDUES :

_Combien de km la Dragodinde d'Astrub aura- t-elle déjà parcouru à 8 h ? (Pas de pause pipi)

_Quelle sera donc la distance entre les deux Dragodindes à 8 h, sachant qu'on est lundi ?

_Combien de km aura parcouru la Dragodinde d'Astrub ? Aura-t-elle les pattes gonflées ?

Les 5 premiers à nous envoyer les réponses justes, à deux décimales près, recevront une dédicace Dofus-Arena. Envoyez vos réponses à l'adresse suivante :

Concours Dofus-Arena
ANKAMA
75, Bd d'Armentières
59100 ROUBAIX

ANKAMA EDITIONS
Dofus Arena
Chapitre 7
La Guerre des Boutons
Fullcanelli
JiBe
1,75
Maisial

DEBOUT GLADIATEURS ! CEUX QUI VONT VOUS REGARDER MOURIR VOUS SALUENT !
XVII VEUT DE LA CHAIR À BASTON, ET C'EST SUR VOUS QUE C'EST TOMBÉ !
MAGNEZ-VOUS, C'EST PAS UN CONCOURS DE BEAUTÉ.
ET PUIS DANS UN QUART D'HEURE, VOUS SEREZ COUVERTS DE SANG !

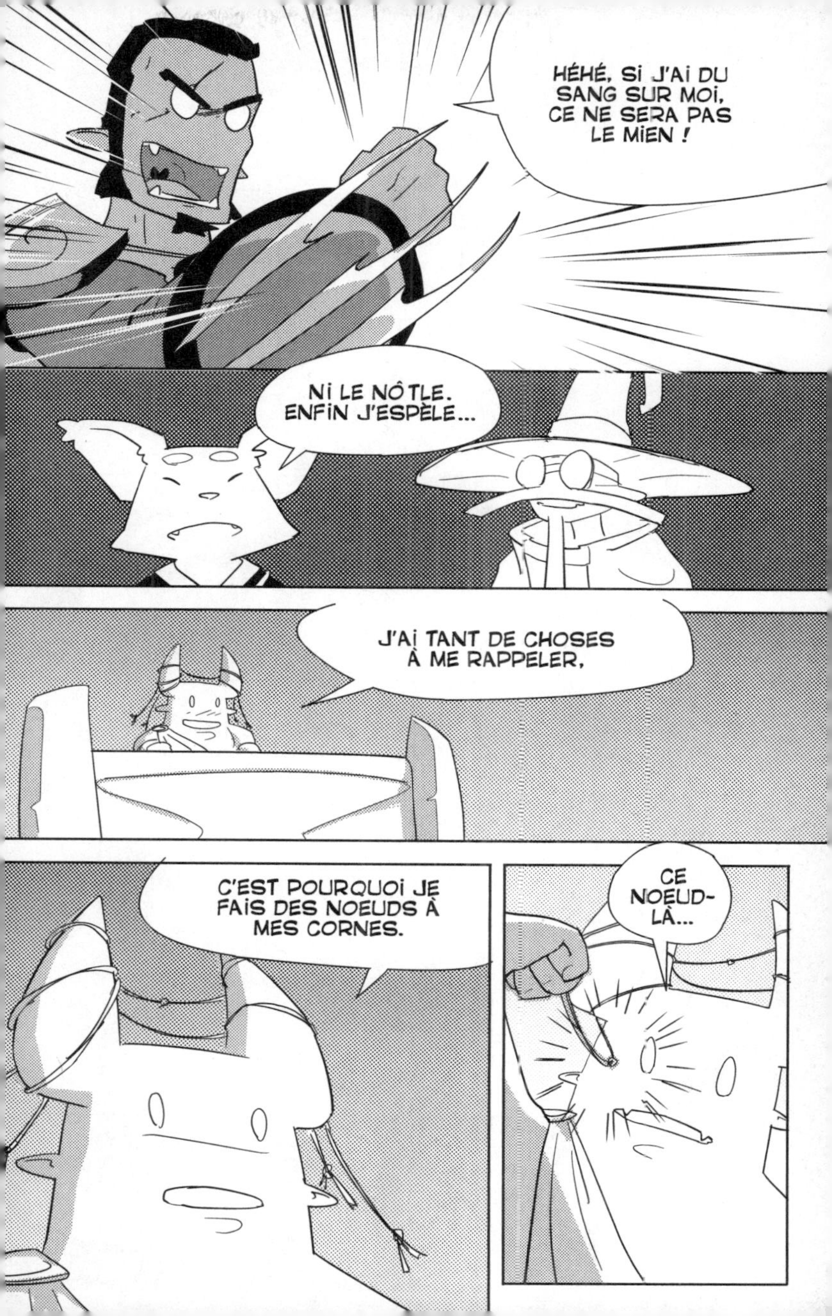
HÉHÉ, SI J'AI DU SANG SUR MOI, CE NE SERA PAS LE MIEN !
NI LE NÔTLE. ENFIN J'ESPÈLE...
J'AI TANT DE CHOSES À ME RAPPELER,
C'EST POURQUOI JE FAIS DES NOEUDS À MES CORNES.
CE NOEUD-LÀ...

C'EST POUR ME SOUVENIR DE TON NOM... HEU... MACHIN.
BON, À PARTIR DE MAINTENANT, TU T'APPELLERAS CRÂ... CRÂ CRAMÉ !
OUI, MAÎTRE ...
TU VOIS CRAMÉ, JE TE CONSTRUIS UNE ARÈNE SUR MESURE.
RÉPÈTE CETTE PETITE CHANSON, ÇA T'APPRENDRA LA STRATÉGIE GAGNANTE.

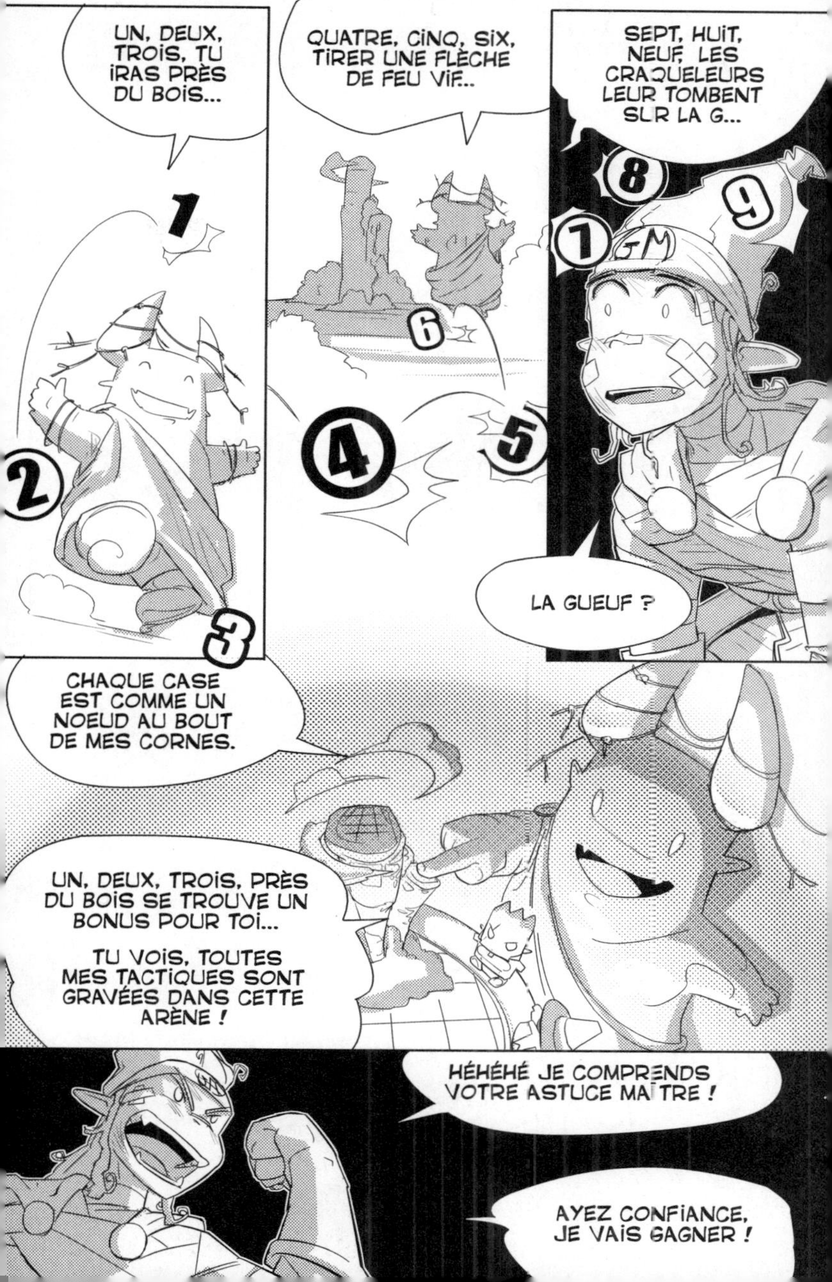
UN, DEUX, TROIS, TU IRAS PRÈS DU BOIS...
1
2
3
QUATRE, CINQ, SIX, TIRER UNE FLÈCHE DE FEU VIF...
4
5
6
SEPT, HUIT, NEUF, LES CRAQUELEURS LEUR TOMBENT SUR LA G...
7
8
9
LA GUEUF ?
CHAQUE CASE EST COMME UN NOEUD AU BOUT DE MES CORNES.
UN, DEUX, TROIS, PRÈS DU BOIS SE TROUVE UN BONUS POUR TOI...
TU VOIS, TOUTES MES TACTIQUES SONT GRAVÉES DANS CETTE ARÈNE !
HÉHÉHÉ JE COMPRENDS VOTRE ASTUCE MAÎTRE !
AYEZ CONFIANCE, JE VAIS GAGNER !

TE FAIRE CONFIANCE ? COMPTE PAS LÀ-DESSUS, CRÂ CRAMÉ.
JE VAIS T'ADJOINDRE 3 BRUTES HERPÈS !
VOUS VOULEZ DIRE " BRUTES ÉPAISSES ", MAÎTRE ?
TAIS-TOI CRAMÉ !
TES COÉQUIPIERS, LES FRÈRES EDMORG, EDGORE ET EDBLAST PÈS SONT DES TRIPLÉS OSAMODAS SPÉCIALISÉS EN ÉPAULÉ-JETÉ...
ILS N'ONT QU'UNE FAIBLESSE : LEURS CRAQUELEURS FONT DE L'HERPÈS.
AUTANT DIRE QU'ILS SONT INVINCIBLES !

ALORS, C'EST TOI LE BOUFFON QUI DOIT NOUS ASSISTER...
ALLONS, CRÂ CRAMÉ, RÉPONDS À TES NOUVEAUX CAMARADES !
HEU, OUI... C'EST MOI.
HAHAHAHAHA! LE GROS NUL !
HAHA ! ON A TROUVÉ NOTRE MASCOTTE !
RIRA BIEN QUI RIRA LE DERNIER.
VOUS VERREZ CE DONT JE SUIS CAPABLE, MAÎTRE !
UNE DERNIÈRE CHOSE, LES GARS !
J'AI MISÉ UN PAQUET SUR VOUS !
VOUS AVEZ INTÉRÊT À EXPLOSER L'AUTRE ÉQUIPE !

DERRIÈRE CETTE GRILLE SE TROUVE L'ARÈNE, ET NOTRE DESTIN.
JE VOYAIS ÇA MOINS GLAND...
JE N'AI JAMAIS VU UNE ARÈNE SEMBLABLE.
MOI NON PLUS. OÙ SONT LES AUTRES ?

CLAC ! !
?!
!!
?!
BEN BRAVO ! NOUS VOILÀ ENFERMÉS DEHORS...
HÉ, CRACOUNET, J'ESPÈRE QUE T'AS PRIS DES JUMELLES POUR ASSISTER AU SPECTACLE !
HÛK
HÛK
HÛK !
HA
HA
HA HA !
ET NE PRENDS PAS FROID LÀ-HAUT !
D'ICI JE NE PEUX RIEN FAIRE, C'EST... C'EST NUL !

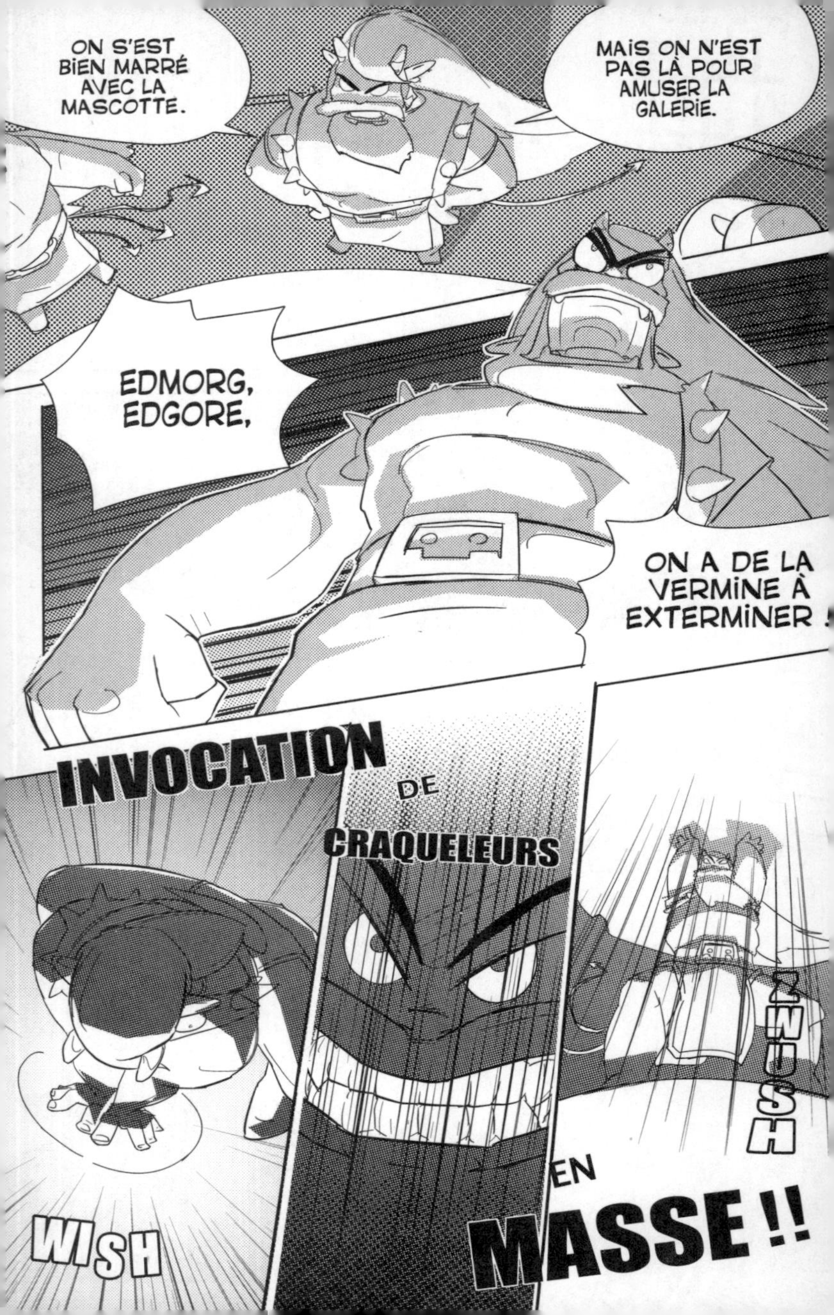
ON S'EST BIEN MARRÉ AVEC LA MASCOTTE.
MAIS ON N'EST PAS LÀ POUR AMUSER LA GALERIE.
EDMORG, EDGORE,
ON A DE LA VERMINE À EXTERMINER !
INVOCATION DE CRAQUELEURS EN MASSE !!
WISH
ZWUSH

SMASH
C'EST BIZALLE COMME IL FAIT SOMBLE, TOUT À COUP..
EN EFFET, ÇA VA BIENTÔT NOUS TOMBER DESSUS, JE LE SENS...
BRAOM
NOM D'UN BOUFTOU !!
C'EST UN PIÈGE !!
?!

AU MÊME MOMENT, NON LOIN DE LÀ.
YAAAAAAAH !!
?!
TIENS, DES SPÉCIALISTES EN ÉPAULÉ-JETÉ DE CRAQUELEUR.
C'EST RUDEMENT IMPRESSIONNANT
ET TREP, KIT ET KLOX JUSTE EN DESSOUS !

FWFW FW FW
MAIS C'EST PAS VRAI !
ILS SONT VRAIMENT TA...
SHBLAM
RÉS...
SH PING !!!

HEY ! C'EST QUI CE MICROBE DANS MON ARÈNE ?!
JE NE SAIS PAS, SEIGNEUR.
ET ÉVIDEMMENT TU NE SAIS PAS !
DÉBARRASSE-NOUS AU MOINS DE CETTE VERMINE ! ET NE ME DÉÇOIS PAS !
COMME IL VOUS PLAIRA, VOTRE EXCELLENCE...
VOILÀ ENFIN L'OCCASION DE ME RACHETER APRÈS LA DÉFAITE CONTRE MINUIT !

ON VA SE LA JOUER STRATÈGE...
ALORS... QUE FERAIT WANOKLOX DANS CE CAS-LÀ ?...
QUE FERAIT-IL ?...
!?
J'AI DÉJÀ VÉCU CETTE SCÈNE...

CRAMÉ, TU AS RATÉ TON COUP !
İL A BOUGÉ !!!
ESPÈCE DE GROS FOURBASSE !
SLASH
SLASH
SLASH
SLASH
SLASH
SLASH

RENDS-TOI ET TA MORT SERA RAPIDE.
OUAIS ATTENDS !
JE RÉFLÉCHIS !
RÉSUMONS :
-LES PROFS VEULENT ME FAIRE LA PEAU,
-UN ARCHER VEUT ME TRANSFORMER EN BROCHETTE,
-J'AI UNE TRIBU DE DÉMONS SUR LE DOS,
-DES COMPAGNONS À SAUVER...
AH J'OUBLIAIS : JUSQU'ICI J'AI GAGNÉ UNE ÉPÉE POURRIE ET UN LIVRE BIDON...
D'AILLEURS, IL RACONTE QUOI, CE BOUQUIN ?
Wyd Krad + Wendy pour la vie
Une lectrice
WYD KRAD ET WENDY...
WENDY ?
QU'EST-CE QU'ELLE FAIT DANS UN MANGA ?

PENDANT CE TEMPS, EN CONTREBAS.
BOOM
BLAM
KABOOM
LÀ-HAUT !
ILS SONT INTOUCHABLES !
HÉHÉ ! SALUT LES NULS !
JE VAIS TENTER UN TRUC !
BOND !

TCHAC
TCHAC
YAAAAAA !
?!
MANGE-TOI ÇA.
ATOMIC PUNCH

TREP !
TREEEP !
SHPLAF
GORE, ATOMISE-LES, QU'ON EN FINISSE.
D'AC GRAND FRÈRE.

TLEEEP !
LÉPONDEZ-MOI !!
GNARFFTR ?
MON DIEU !
IL EST TOUT
DÉFIGULÉ !
?
MAIS ?...
PLONG
FIUUUU

OH NON !!
DU BALAi !
SHPAF
PAF
FIUUUUUUUU

ADIEU, JEU...
NOON !!
KRAAK
KLOX !

KLOOX !
INVOCATION DE MÉGA CRAQUELEUR !

ENCYCLO BONUS

Les disciples du Dieu Osamodas

Les Osamodas sont des invocateurs nés ! Ils ont le pouvoir d'invoquer des créatures de combat et sont de remarquables dresseurs. Tofus et Bouftous leur obéissent au doigt et au fouet… Une rumeur prétend qu'ils taillent leurs vêtements dans la peau de leurs ennemis, mais allez donc leur demander ce qu'il en est… Vous verrez bien si vous terminez votre vie sous la forme d'une botte ou d'un bonnet fourré.

Les Lenalds

Les Lenalds habitaient l'île des Lenalds avant qu'elle ne soit envahie par les Wabbits et devienne l'île des Wabbits. Cousins des Firefoux de l'île de Pandala, les Lenalds ont comme eux le pouvoir d'invoquer de "Glands Lenalds pour nous selvil et nous plotéger" comme ils disent. Ils ont aussi un dwôle... pardon, un drôle d'accent.

ANKAMA EDITIONS
DOFUS ARENA
CHAPITRE 8
BLOODSPORTS À GOGO !
FULLCANELLI
JIBE
1,75
JUNIDOR

MAIS C'EST PAS BÊTE DU TOUT CE QUE FAIT CE SACRIEUR...
DANS LA MÊME SITUATION QUE MOI, IL GAGNE !
ALLEZ PYM, UN PEU DE COURAGE !
FAUT JUSTE QUE J'ÉVITE LES FLÈCHES DE L'ARCHER DANS MON DOS...
FAIS GAFFE, CRAMÉ, JE T'AI À L'OEIL!

CETTE FOIS, JE NE VOUS DÉCEVRAI PAS MAÎTRE !
BON ALLEZ... À 3, J'Y VAIS !
1
2
3 !

DASH
SLASH
SLASH
SLASH
SLASH
SLASH
SLASH
SLASH
SLASH
ATTIRANCE

TOMBE
HEY ! REVIENS ICI !!
?!
SAUTE
TCHAC
IL... IL FONCE SUR MOI !?
ROLL
VITE, PRENDRE LE BONUS DONT M'A PARLÉ XVII !!
C'EST MA SEULE CHANCE !!

LÀ !
VITE !
GRRRRR

HAHAHA ! JE SENS LA PUISSANCE M'ENVAHIR !
VITE ! LUI METTRE SA RACLÉE !
FLÈCHE EXPLOSIVE !!!
SHLOFFF

KABOOM
YES !!
HOURRA !!
J'AI RÉUSSI !
JE L'AI EXPLOSÉ !!

NON ?
NON...
SMASH
IM...
IMPOSSIBLE !
GRRRRR !!
ROLLLLLLLLLLLLLLLLL
SHBAM

FIUU
TU NE PERDS RIEN POUR ATTENDRE, SOMBRE CRÉTIN !
SHPAF
BRAOOM

C'EST ÇA !
VIENS À
MOI !
GYAAAAAA !
...!!!
SLASH
SHPOOM
BLAM
TAP

KOF
KOF
KOF
KOF KOF
KOF IL M'A PAS LOUPÉ !
!?
NON MAÎ...
SHPING
HAAAA
KOF
KOF
CRÂ CRAMÉ, TU AS BESOIN D'UN PETIT COUP DE POUCE ON DIRAIT...

IL ACHÈVE SES PROPRES COMBATTANTS... IL EST DINGUE !!
JE DOIS DIRE QUE JE T'AI SOUS-ESTIMÉ, MINUS.
JE SUIS PEUT-ÊTRE PETIT, MAIS J'AI UN NOM !
ALORS, C'EST QUOI, TON NOM, BIDULE ?
OUAH ! PYM, C'EST NUL ÇA. FAUDRAIT QUE JE ME TROUVE UN NOM QUI TAPE !

APPELLE-MOI KRAD ...
WYD KRAD
HEY, LE CRÂ EST HORS-JEU...
J'AI GAGNÉ !
MAIS OUI, C'EST ÇA.
ALLEZ LES GARS, EXPLOSEZ-MOI MÔSSIEUR WYD KRAD !
INVOCATION DE BOUFTOU

GNAP !
OUCH !!!
LÂCHE-MOI !!
LÂCHE-MOI !!!
RUN
RUN
RUN
HA HA HA
BIENVENUE DANS LA CATÉGORIE POIDS LOURD...
MICROBE !

FIUUUUU
SLASH
HAAAA !
BLAM

KRASH
FIU
OH ! BIEN JOUÉ EDBLAST !
BRAOOM
KOF !
JE L'AI BIEN MOUCHÉ LE MORVEUX !
ALLEZ, LES FRANGINS. ON VA ACHEVER LES AUTRES !

KOF
KOF
BZA
OU
OUOU
OUM
BADAM
BADAM
GYAAA !!
BADAM
BADAM
BADAM
BADAM

SWOSH
SLASH
GRRRRRR
?!?
SAUTE

GYAAAA!!!!
KABOOM
FIN DU VOLUME 1

BIENTÔT DANS
DOFUS ARENA :
GWAAAH
UN DÉMON TRÈS TRÈS ÉNERVÉ
DES RÉVÉLATIONS PALPITANTES !
PYM ! AU SECOURS !!!
!?
ET NOS HÉROS AU BORD DU GOUFFRE !
WENDY !

REMERCIEMENTS

Merci à Grand Master Tot, Manu KingPong et Jumping Kam Smash pour avoir créé un bulldozer à rêves et nous avoir embarqués dans l'aventure.
à Captain Perrine, Miss Doro T, Aisk, Alix Press Start et Mojo pour le taf abattu, les crêpes et la confiture de figues.
à ceux de l'atelier : Bertrand, Bicargo, Crounch et Run pour l'ambiance (musicale entre autre !).
à Ancestral Z, Bruno, Lichen, Toph, pour leurs conseils avisés.
à Arnaud, Benoît, François, Greg, Patrick, Tiko, Yigaeel, Xav et tous ceux qui se sont intéréssés de près ou de loin à cette BD.

à Hervé "Tiris" as Patch Attack vs Serial Debog.
à la Beta-read Force as Céline Fote Tracker.
aux joueurs de Dofus-Arena qui nous ont mis des raclées en toute humilité (les meilleurs en général ;-)
et à tous ceux qui animent la communauté Dofus-Arena

Spéciale dédicace de Jérôme
à Sophie of course pour sa présence,
son soutien, sa patience et son avis éclairé.
à Fred, Isabelle, Emilie et Marie-Hélène
pour avoir été là le jour J,
et à ma famille d'Agen à Marseille.

Spéciale dédicace de Nico
à Anne et Emma, anges de mes heures.
et à ma Grande famille !

Sans t'oublier toi,
le-lecteur-qui-tient-ce-manga-entre-les-mains
(ou avec autre chose, ça te regarde, c'est ton corps après tout) !
À très bientôt pour de prochaines aventures !

Imprimé par
Hérissey CPI à Evreux
Dépôt légal : décembre 2007
ISBN : 978-2-916739-09-0

75, boulevard d'Armentières
BP 60403
59100 Roubaix Cedex 1